सिस्टम के साथ-साथ चलो

– मज़े में रहोगे

भ्रष्टाचार, मंहगाई, चुनाव, शासन-प्रशासन,
समाज तथा राजनीति आदि से जुड़े
व्यंग्य लेखों का संग्रह

लेखक
शिव कुमार राय (आई.आर.ए.
सहायक आयकर आयुक्त
नई दिल्ली

पुस्तक महल®

प्रकाशक

पुस्तक महल

J-3/16, दरियागंज, नई दिल्ली-110002
☎ 23276539, 23272783, 23272784 • फैक्स: 011-23260518
E-mail: info@pustakmahal.com • *Website:* www.pustakmahal.com

विक्रय केन्द्र

- 10-बी, नेताजी सुभाष मार्ग, दरियागंज, नई दिल्ली-110002
  ☎ 23268292, 23268293, 23279900 • फैक्स: 011-23280567
  E-mail: rapidexdelhi@indiatimes.com
- **हिन्द पुस्तक भवन**
  6686, खारी बावली, दिल्ली-110006
  ☎ 23944314, 23911979

शाखाएं

बंगलुरू: ☎ 080-2234025 • टेलीफैक्स: 080-22240209
E-mail: pustak@sancharnet.in • pustak@airtelmail.in

मुंबई: ☎ 022-22010941, 022-22053387
E-mail: rapidex@bom5.vsnl.net.in

पटना: ☎ 0612-3294193 • टेलीफैक्स: 0612-2302719
E-mail: rapidexptn@rediffmail.com

हैदराबाद: टेलीफैक्स: 040-24737290
E-mail: pustakmahalhyd@yahoo.co.in

ISBN 978-81-223-1242-3

संस्करण: 2011

मुद्रक: यूनिक कलर कार्टन दिल्ली

समर्पण

आदरणीय मम्मी श्रीमती अशर्फी राय
एवं
पापा श्री सुरेश राय को!
(आज मैं जो कुछ भी हूँ उनकी वजह से ही हूँ)

अनुक्रमणिका

1. सिस्टम के साथ–साथ चलो, मज़े में रहोगे ... 11
2. इतना तो चलता है ... 14
3. कार्य प्रगति पर है ... 21
4. बाकी बातें घर वाले तय करेंगे ... 25
5. क्योंकि हर आतंकवादी एक बाप होता है ... 29
6. जैसा चल रहा है, चलता रहे ... 33
7. देखुवार दुनिया भर के ... 36
8. तलाश आने वाले कल की ... 38
9. जायज़ा चुनावी माहौल का ... 41
10. खुद से एक मुलाकात ... 44
11. श्शश...ऑफिस के भी कान होते हैं ... 48
12. वो अब आदमी नहीं रहे, अफसर हो गए हैं ... 51
13. आओ गुरु, एक चाय हो जाए ... 55
14. अब वह पहले वाली बात कहाँ? ... 58
15. कबिरा, इस संसार में भाँति–भाँति के लोग ... 62
16. क्रिकेटम् शरणम् गच्छामि ... 65

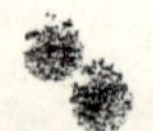

17. कौन खुलकर हँसता है हमारे देश में ... 68
18. चुनावी मैन ऑफ द मैच ... 72
19. एक गुलाब मुझे भी चाहिए ... 75
20. आइये, थोड़ा रो लिया जाए ... 78
21. झाँकिए अपना गिरेबाँ भी ... 82
22. न दिन का चैन है, न रात का आराम ... 86
23. बहुत कुछ होता है अचानक ... 89
24. महँगाई पर शीघ्र नियंत्रण पा लिया जाएगा ... 92
25. ये गिरे को उठाने वाले ... 95
26. सच बोलने की आधुनिक कला ... 97
27. सपनों से हकीकत के धरातल तक ... 100
28. लगता है मेरे दोस्त, फिर चुनाव आ गया है ... 103
29. समय बड़ा खराब है ... 107
30. प्राइवेट जेलें समय की माँग हैं ... 110
31. यह संक्रमण काल है ... 114
(हम ट्रांज़ीशन फेज़ से गुज़र रहे हैं)
32. लाइफ में बैलेन्स होना माँगता ... 119
33. एक फिल्म ज़िंदगी की ... 121
34. कल्पना, दुविधा और यथार्थ ... 125

दो शब्द

मैं अकसर उन दिनों को याद करता हूँ जब मुझे इंजीनियरिंग की तैयारी के लिए भेजा गया था। हालांकि गणित में मेरी भी रुचि थी मगर अज्ञात कारणों से मेरा मन किसी इंजीनियरिंग कॉलेज में एडमिशन लेने के प्रति बहुत उत्सुक नहीं था। लिहाजा दो तीन महीनों में ही मैंने कोचिंग जाना बंद कर दिया। यह अगस्त–सितंबर 1995 की बात होगी। अब सवाल था, दिन भर किया क्या जाए? मैंने किसी रेगुलर कोर्स में एडमिशन लिया नहीं था और अब यूनिवर्सिटी के अगले सत्र में सात–आठ महीनों की देर थी। मैं वास्तव में ईश्वर को उन खाली दिनों के लिए धन्यवाद देता हूँ जिसने वह खाली समय मुझे दिया और मैं उन दिनों में बहुत कुछ सोच सका। वरना एक आम सोलह–सत्रह वर्षीय किशोर को कुछ भी सोचने के लिए मौका ही कहाँ मिलता है? उसे तो पता भी नहीं चलता और वो जमाने की रैट रेस में शामिल भी हो चुका होता है। उन खाली दिनों में मैंने रात–रात भर जाग कर ढेरों अच्छी–बुरी किताबें पढ़ीं, ढेरों अच्छी–बुरी फिल्में देखीं और यह सोचने लगा कि मैं लेखक या निर्देशक होता तो मैं इस किताब में या फिल्म में क्या–क्या परिवर्तन करता? फिर भी जो समय बचा; उसे खुद अपने, देश, दुनिया और समाज के बारे में सोचने में लगाया और मैंने पाया कि कुछ ही दिनों

में मेरी कल्पनाओं ने आकार लेना शुरू कर दिया और वे कागज पर कविताओं/कहानियों और लेखों के माध्यम से व्यक्त होने लगीं और मुझे एक ऐसा सुकून मिलने लगा जिसके बारे में न मैंने कभी सोचा था न सुना था।

मगर ये सब इतना आसान कहाँ था? जैसे ही इंजीनियरिंग प्रवेश परीक्षाओं के परिणाम आने शुरू हुए, घर में भूचाल आ गया। हालांकि इसकी आशंका तो मुझे थी पर घर में लोग खाना-पीना छोड़ देंगे और मातम जैसा माहौल बन जाएगा इसकी उम्मीद नहीं थी। मेरे निम्न-मध्यमवर्गीय परिवार में सबसे बड़ी आपत्ति ये थी कि मुझसे तुलनात्मक रूप से कमजोर समझे जाने वाले विद्यार्थी इंजीनियरिंग कॉलेजों में एडमीशन पाने लगे। उनकी भी गलती नहीं थी; हमारे आस पास के समाज में सामान्य रूप से यही सोचा समझा जाता है कि पढ़ने में होशियार विद्यार्थी का मतलब ही है डॉक्टरी या इंजीनियरिंग में एडमिशन। अतः जब मैंने घर में यह घोषणा की कि मैं लेखक बनना चाहता हूँ तो ऐसा लगा कि मैं कोई अजूबी बात कह रहा हूँ, घर में जैसे हिरोशिमा-नागासाकी जैसा विस्फोट हो गया। तब मुझे यह पता नहीं था कि हिंदुस्तान में सिर्फ लेखक, वो भी हिन्दी साहित्यिक लेखक के लिए गुजारे लायक कमा पाना दूर की कौड़ी है। ऐसे विकट घरेलू माहौल और तनाव की स्थिति को देखते हुए मैंने यह कामचलाऊ समझौता किया कि चलो, कुछ ऐसा करते हैं जिससे कि दाल रोटी भी चल जाए और मेरा पढ़ने-लिखने का शौक भी चलता रहे।

लिहाजा मैंने तमाम विरोधों के बाद इलाहाबाद विश्वविद्यालय में बी०ए० में एडमीशन ले लिया। विरोध इसलिए कि आज भी हमारी तरफ यह धारणा विद्यमान है कि आर्ट साइड में वही एडमिशन लेते हैं जो या तो कमजोर विद्यार्थी होते हैं या जिनका एडमिशन साइंस साइड में नहीं हो पाता। मेरे साथ चूंकि दोनों परिस्थितियाँ नहीं थीं, इसलिए विरोध स्वाभाविक था मगर इलाहाबाद विश्वविद्यालय

और उसके बाद सर जी एन झा हॉस्टल में एडमिशन मेरे जीवन के सर्वश्रेष्ठ निर्णयों में से एक था। हॉस्टल के उन्मुक्त और कदाचित बौद्धिक वातावरण ने मेरी सोच और लेखनी को एक नयी ताजगी और एक नयी धार दी। रही सही कसर अखबारों में हर हफ्ते छपने वाले मेरे लेखों पर मुझे मिलने वाली प्रतिक्रियाओं ने पूरी कर दी। इसने मेरी इस सोच को बल प्रदान किया कि मैं आम लोगों की भावनाओं को उन्हीं के शब्दों में उन तक पहुँचा पाने में कदाचित समर्थ हो पाता हूँ। धीरे धीरे दाल रोटी चलाने लायक दो तीन नौकरियां मैंने पाईं और अब किसी को यह फर्क नहीं पड़ता कि मैं लिखने-पढ़ने जैसे कामों में अपना अधिकांश समय गुजरता हूँ। कुल मिला कर यह संक्षिप्त सी कहानी है इस पुस्तक के लेखक की रचना यात्रा की।

यद्यपि सच पूछा जाए तो इन लेखों के लिए अगर किसी को धन्यवाद देना हो तो वह हमारी सामाजिक-आर्थिक व्यवस्था ही है जो मेरे लेखों को अपनी विद्रूप परिस्थितियों का कच्चा माल उपलब्ध कराती रंहती है, फिर भी मैं अपनी सहधर्मिणी मधु और छोटी बहन अर्चना का विशेष आभारी हूँ जो प्रायः मेरी रचनाओं की पहली पाठिका रहीं हैं क्योंकि प्रायः रचनाएँ उन्हीं के सामने लिखीं गईं और उन्हें सुना कर उनकी राय ली गई। मैं अपनी भांजियों ईशा, सौम्या, दीक्षा और भांजे ईशान की बालसुलभ हरकतों को भी कुछ श्रेय देना चाहूँगा जिनसे मेरे दिमाग में अकसर कुछ कौंधा और मैंने लेखों में यथास्थान उनका प्रयोग किया। स्वाभाविक है कि मैं अपनी बहनों पुष्पा और वन्दना तथा बहनोइयों अरविंद राय जी एवं राजीव रंजन राय जी को धन्यवाद दूँ जिन्होंने मुझे इतने प्यारे और चंचल भांजे भांजियाँ दिये जो अकसर मेरे दिमाग का दही करते रहते हैं।

जहाँ तक इस पुस्तक का संबंध है, मैं पुस्तक के प्रकाशक श्री राम अवतार गुप्ता जी को विशेष धन्यवाद देना चाहूँगा क्योंकि यह पुस्तक तो उन्हीं की प्रेरणा से निकली है क्योंकि मैं तो उनके पास

किसी और कार्यवश गया था और उन्होंने मेरे कुछ लेखों को पढ़ कर तुरंत एक संकलन निकालने पर ज़ोर दिया। मैं श्री अभिनव गुप्ता जी को भी अपना धन्यवाद ज्ञापित करना चाहूँगा, जो मुझे श्री गुप्ता से मिलवाने का जरिया बने।

एक छोटी· सी बात लेखों की भाषा के विषय में। कई जगह आपको लगेगा कि यहाँ पर अंग्रेजी के शब्दों की जगह आराम से हिन्दी के शब्द रखे जा सकते थे, मसलन "प्रॉपर" की जगह "उचित" लिखने में मुझे कोई भी अतिरिक्त प्रयास न करना पड़ता मगर मैंने जान बूझ कर ऐसा नहीं किया। वस्तुतः मैंने समस्त लेखों को लिखते वक्त ऐसी भाषा का प्रयोग करने की कोशिश की है जो बिल्कुल आम बोल चाल में शामिल हो गई है। इसीलिए जहाँ जो प्रवाहवश निकलता गया, उसे मैंने यथास्थान रख दिया और बाद में शब्दों को बदला नहीं। अब यह प्रयास कितना सफल होगा, यह तो वक्त ही बताएगा।

मैं पाठकों से भी एक अनुरोध करना चाहता हूँ। चूंकि हर लेखक अपनी बात पाठकों तक पहुँचाने के लिए ही पुस्तक लिखता है, ऐसे में पाठक की प्रतिक्रिया लेखक के लिए बहुत महत्त्वपूर्ण हो जाती है। प्रतिक्रिया प्रशंसा के रूप में हो सकती है, सुझाव के रूप में हो सकती है, निंदा और क्षोभ के रूप में भी। मैं स्पष्ट कर दूँ कि मेरे ये लेख सिर्फ व्यंग्य लेख हैं जो हमारे आस पास के समाज के सच को एक नए नजरिये से देखने का प्रयास करते हैं, इन लेखों में न तो किसी आदर्श समाज का चित्रण किया गया है न ही किसी वर्ग विशेष पर उँगली उठाने की मेरी मंशा है। मैं आशा करता हूँ कि ऐसे में मुझे आप अपनी प्रतिक्रियाओं से जरूर अवगत कराएंगे, जो मेरे लिए भविष्य में प्रेरणास्रोत का कार्य करेंगी।

आप मुझे shivkumarrai01@gmail.com पर मेल कर सकते हैं, फेसबुक पर संपर्क कर सकते हैं या नीचे लिखे पते पर पत्र लिख सकते हैं। मुझे आपकी प्रतिक्रियाओं का बेसब्री से इंतजार रहेगा।

धन्यवाद।

14/06/2011
गाजियाबाद।

शिव कुमार राय
एल-502,गिरनार अपार्टमेंट्स,
कौशांबी, गाजियाबाद, उत्तर प्रदेश
पिन-201010

सिस्टम के साथ-साथ चलो मज़े में रहोगे

एक थे राम किशोर। नए नए यूनिवर्सिटी में भर्ती हुए थे, हर समय भड़कते रहते थे। जहाँ देखो, वहीं प्राब्लम; जहाँ सर उठाओ, वहीं झंझट। कहीं क्लास टाइम से नहीं चल रही तो कहीं चल रही तो बैठने की जगह नहीं। पूरा भेड़िया-धसान। जैसे यूनिवर्सिटी न हुआ, मछली बाजार हो गया। कहीं कोई काम कराने सीनेट हाल चले जाओ तो बाबू ऐसे सर उठा के देखे कि जैसे आँखों-आँखों में ही भस्म कर देगा। कुल मिला के अपने गाँव के इंटर कालेज के टापर रहे राम किशोर को यह समझ में आया कि ना!! ऐसे नहीं चलेगा, बिल्कुल नहीं चलेगा। गांधीजी क्या इसीलिए जान दिये रहे? भगत सिंह इसी दिन के लिए फाँसी पर झूले रहे....? ना भाई; सिस्टम एकदम फेल हो गया है, बदलना पड़ेगा, पूरा बदलना पड़ेगा। छोटे-मोटे सुधार से काम नहीं चलेगा, पूरा ओवरहालिंग करना पड़ेगा यानी पूरा सिस्टम चेंज और इस प्रकार चौराहे पर बंद–मक्खन खाते और चाय सुड़कते गए अपने क्रांतिकारी उद्घोष से राम किशोर रातों रात "आर० के०" में कन्वर्ट हो गए।

अब आर० के० उर्फ राम किशोर का एकसूत्री यानी कि वन-पॉइंट प्रोग्राम हो गया – सिस्टम बदलो, देश बदलो। ससुरा देश न हुआ रेडीमेड कपड़ा हो गया और सिस्टम न हुआ डिटर्जेंट पाउडर हो गया कि पाउडर बदलो, कपड़ा अपने आप चमक जाएगा। बस, भिगोया, धोया और हो गया। मगर यह बात आर० के० को समझाए कौन? वहाँ तो वही धुन कि देश की हालत इतनी खराब है कि पूछो मत! सुबह अख़बार उठाते ही दिमाग फिरंट हो जाता है...यहाँ चोरी, वहाँ डकैती, यहाँ हत्या, वहाँ बलात्कार! यह कोई जगह है रहने लायक? वहीं नेता, मंत्री का अपना राग-विराग चालू है "दोषियों को बख़्शा नहीं जाएगा", "हमें अपनी न्याय प्रणाली पर पूरा भरोसा है" टाईप के बयान... ऊँहाँ बेरोजगार नौजवान लोग ताश खेल के टाइम पास कर रहे हैं और ईंहाँ सब बूढ़ा-बुजुर्ग लोग सिस्टम को दीमक की तरह नमक-मिर्च लगा के चाट रहा है और मजा यह कि डकार भी नहीं ले रहा। ऐसे माहौल में अगर आर० के० ने सिस्टम बदलने का प्रण ले ही लिया तो क्या बुरा किया।

मगर भाई साहब, यह बात बिल्कुल सच है कि वक्त सबसे बड़ा मरहम है, सारे जख्म भर देता है। ना!! ई बात हम खाली कहने के लिए नहीं कह रहे। पूरा आजमाया हुआ सच है। हुआ ई कि किसी ने आर० के० को समझा दिया कि सिस्टम को बदलना है तो पहले सिस्टम को समझो, फिर उसमें घुसो, फिर उसको बदल डालो! बात आर० के० के भेजे में घुस गयी और लग गए पढ़ाई में। पढ़ने लिखने में होशियार थे ही; यू०पी०एस०सी० का इम्तेहान दिया और अधिकारी हो के सिस्टम में घुस ही गए, सिस्टम बदलने के लिए! मगर भाई साहब; ऐसे कितने आए सिस्टम को बदलने वाले और आ के चले गए और सिस्टम वहीं का वहीं मूँछ पे ताव दे के मुस्कुरा रहा है।

मिले आर० के०, 4-5 साल बाद, एक शादी में, तो मिज़ाज ही अलग था। रहा न गया तो पूछ ही लिया "और भाई आर० के०, तुम्हारा 'सिस्टम बदलो प्रोग्राम' कैसा चल रहा है?" और तब जो

प्रवचन दिया भाई साहब आर० के० ने तो मेरी तो आँखें ही फट पड़ीं, "अमें!! कऊन दुनिया में रह रहे हो...सिस्टम कोई बदलने की चीज है? अरे ई तो चलने की चीज है। बताओ, कैसे सुधार होगा, फंड रहेगा नहीं और सब व्यवस्था पब्लिक को फुल टाइट चाहिए। अइसे कैसे सिस्टम बदल जाएगा? और फिर तनख़ाह!! तनख़ाह क्या है सरकारी आदमी की?? बच्चों के स्कूल की फीस ना पूरी पड़े...ऊपरी कमाई न हो तो कटोरा ले के भीख माँगना पड़े...बात करते हैं सिस्टम बदलने की!!!"

हमने कहा - "मगर आर० के० भाई, वो सिक्स्थ पे कमीशन!" आर० के० गरजे- "कौन सिक्स्थ पे कमीशन!!! सब शोशेबाजी है...। महँगाई भी तो देखो!! आटे-दाल का भाव कुछ मालूम है...? भिखारी को एक रुपए का सिक्का दो तो सोचता है किस भिखमंगे से भीख माँग ली?" हम मिमियाये - "मगर बाबू लोग तो बिना पैसा लिए काम ही नहीं करते और अधिकारी कुछ ध्यान ही नहीं देते"। आर० के० ने प्रवचन चालू रखा- "तो क्या करे अधिकारी? खुद ही फाइल बना ले और खुद ही साइन कर ले...? तो बाबू काहे लिए है? घंटा हिलाने के लिए? और क्या सौ पचास रुपए के लिए लोग चिकचिक करते रहते है...! यह नहीं कि दे दवा के काम करावें और अपने भी खुश, बाबू भी खुश...! फालतू करप्शन का ड्रामा...!! देखो, भाई ये सब सिस्टम-विस्टम बदलने की बात है अब ओल्ड-फैशन्ड; मार्केट में जिसका कोई नामलेवा नहीं है...! जो सिस्टम को बदलने की बात करे, समझो उसका कोई न कोई पेंच ढीला है। एक बात गाँठ बाँध लो...सिस्टम जैसे चले वैसे चलो; मजे में रहोगे...!!" आर० के० ने ज़ब यह बात आँख दबा के समझाई तो मेरे पास सर हिलाने के अलावा और चारा ही क्या था?

इतना तो चलता है

अभी पिछले संडे की ही तो बात है, मेरी श्रीमती जी दूध वाले से झक-झक कर रहीं थीं और मैं गौर से इस नोक झोंक के विभिन्न सामाजिक-आर्थिक, धार्मिक-नैतिक, मनोवैज्ञानिक और समाजशास्त्रीय पहलुओं पर विचार कर रहा था। हाँ, विचार ही कर रहा था; लेखक और कर ही क्या सकता है? बिचारा.....!!! एक विचार ही तो है जो लेखक को दिमागी रूप से स्वस्थ बनाए रखता है और उसे खुद के फालतू होने के एहसास से बचाए रखता है। मजे की बात यह है कि लेखक को यह भी पता है कि इस विचार वगैरह से कुछ खास होने वाला है नहीं, मगर पुरानी आदत जो ठहरी...विचार नहीं करेगा तो दिमाग को जंग नहीं लग जाएगा ? और सबसे बढ़ कर यह कि और कुछ करे न करे लेखक को यह तो महसूस करने से कोई नहीं रोक सकता कि एक वही तो है जो देश दुनिया के बारे में सोचता है, बाकी सब तो पैसा बनाने में लगे हैं... इसलिए विचार पर ही ज़ोर चलता है लेखक का और जब तक ये विचार फ्री में उपलब्ध हैं, मुझ जैसा लेखक उनके मंथन का पूरा हक रखता है....कोई जमाना ऐसा भी आयेगा कि विचार करने वगैरह पर भी टैक्स लग जाएगा तो ऐसे में यह भोग-विलास भी लेखक से छूट जाएगा क्योंकि टैक्स भर के विचार करने की तो खैर हैसियत ही कहाँ है लेखक की?!

बहरहाल, यह तो प्रकारान्तर हुआ...असल बात थी मेरी श्रीमती जी की दूध वाले से झकझक। बात इतनी सी थी कि दूध देने के बाद दूध वाले ने श्रीमती जी के सामने ही दूध का बर्तन पानी से खंगाला और दूध में प्यार से उसे मिलाते हुए उसके आयतन में विस्तार कर दिया। पौने तीन से तीन किलो एक झटके में कर दिया। बस फिर क्या था? मैडम का पारा हाई हो गया। "जब तुम मेरे सामने पानी मिलाने में कोई शरम नहीं करते हो तो मेरे पीठ पीछे कितना मिलाते होगे? या क्या पता मिला कर लाये ही होंगे?" वहीं दूध वाला बड़े आराम से, जैसे कुछ हुआ ही न हो के अंदाज में, अपनी हाँके जा रहा था कि "क्या़ बहनजी, इतनी सी बात पे झिकझिक कर रही हैं? लोग पता नहीं क्या-क्या हजम कर जा रहे हैं और डकार भी नहीं ले रहे हैं। एक यहाँ आप हैं कि इतनी सी बात पे हंगामा खड़ा किए पड़ी हैं। वैसे भी पानी बिल्कुल साफ था, हमारे यहाँ भी वाटर प्यूरिफायर लगा है (मतलब ये समझिए कि हम कोई आप की तरह गए गुजरे थोड़ी हैं!!) इतना तो चलता है आजकल, बाकी आपकी मर्जी, कहेंगी तो कल से नहीं आऊँगा...मगर यह बता देता हूँ कि जिसको भी मेरी जगह लगाएंगी वो भी ऐसा ही होगा और पता नहीं पानी भी कैसा मिलाये? अब हर कोई हमारी तरह कस्टमर के हेल्थ का ख़याल थोड़े करता है...."

उधर झिकझिक होती रही और मैं "इतना तो चलता है" के विश्लेषण में जुट गया। इतना तो चलता है यानी कितना चलता है? क्यूँ न कुछ ऐसा सिस्टम बनाया जाए जिससे यह रोज रोज की किचकिच दूर हो जाए कि कितना चलता है और कितना नहीं चलता है? कितनी मिलावट सही है और कितनी गलत? कितना भ्रष्टाचार उचित है और कितना अनुचित? मगर यही तो लाख टके का सवाल है कि कितना चलता है? क्यूँ न कुछ मानकीकरण किया जाए? पर क्या हों वो मानक? यही सोचते सोचते मुझे ख़याल आया कि सुना है किसी पड़ोसी देश के राष्ट्रपति महोदय का नाम ही मिस्टर टेन परसेंट पड़ गया है क्योंकि उनका रेट फिक्स है; हर काम का

कमीशन दस प्रतिशत। मेरा विचार हुआ कि टेन परसेंट ठीक रहेगा, आखिर कोई राष्ट्रपति किसी टुच्चे–मुच्चे लेखक से तो समझदार ही होगा न। तभी तो इतना सोच समझ कर यह टेन परसेंट का फार्मूला बनाया होगा....

चलिये अगर ये फार्मूला एक बार के लिए मान लिया जाए तो व्यवहार में यह लागू कैसे होगा, यह विचार किया जाना भी जरूरी है क्योंकि आपको तो पता ही है कि इंडिया में नियम-कानून तो बहुत हैं पर सारी समस्या उनके लागू होने में ही है। ऐसी स्थिति में इस नियम का भी वही हाल ना हो, इसलिए इसके क्रियान्वयन से पहले हर स्थिति पर विचार करना जरूरी है। अतः अपना चिंतन मैंने शुरू किया....चूंकि यह समस्या सबसे पहले मेरे सामने दूध वाले के विषय में आयी थी इसलिए सबसे पहले यही तय पाया गया कि यदि कोई दूध वाला कुल दूध का दस प्रतिशत तक पानी की मिलावट करे तो "यह चलता है" की श्रेणी में आता है। इस प्रकार मैंने यह पाया कि श्रीमती जी नाहक ही नाराज हो रही थीं। दूध वाले ने तीन किलो दूध में मात्र एक पाव यानी 250 ग्राम ही आयतन विस्तार किया था जबकि उसे 10 प्रतिशत तक यानी तीन सौ ग्राम तक पानी मिलाने का हक था। इस प्रकार इस मानक के अनुसार यह एक ईमानदार दूध वाला था, जो इतना तो चलता है के स्वीकार्य नियमों का स्वेच्छा से पालन कर रहा था।

इसी प्रकार सभी मिलावटखोरों को इस नियम के अंतर्गत दस प्रतिशत तक मिलावट की अनुमति होगी। बस, प्राब्लम खाद्य पदार्थों के विषय में है। आखिर इस मिलावट की क्वालिटी पर नियंत्रण कैसे होगा? मसलन 50 रुपए किलो वाले बासमती चावल में 100 ग्राम खंडा चावल (15 रुपये किलो मात्र) की मिलावट भी, इतना तो चलता है, नियम के अंतर्गत आती है जबकि 100 ग्राम कंकड़ों की मिलावट भी इस नियम के अंतर्गत स्वीकार्य होनी चाहिए। मगर यह तो पूरे बासमती चावल को अखाद्य के रूप में परिवर्तित कर देगा। अतः मेरा सुझाव

है कि यह दस प्रतिशत; किस चीज में क्या मिलाना है और क्या नहीं मिलाना है; की सरकार को एक लिस्ट बनानी चाहिए ताकि सम्मानित ग्राहकों के अधिकारों की रक्षा के साथ मिलावटखोरों को भी भ्रम से मुक्ति मिले, बल्कि सरकार खाद्य पदार्थ विशेषज्ञों की एक स्थायी समिति भी बना सकती है जो न केवल समय-समय पर इस प्रकार की मिलावट योग्य वस्तुओं की सूची जारी करे बल्कि ज्ञान दर्शन चैनल पर आकर अपनी बात से मिलावटखोरों को जागरूक भी करते रहें।

इस प्रकार मिलावटखोरों की समस्या हल करने के बाद मेरा ध्यान गया सरकारी दफ़्तरों में कितना चलता है, का नियम तय करने पर। वैसे तो मूलभूत नियम यही 10 परसेंट ही उचित होगा मगर समस्या यहाँ थोड़ी पेचीदा है....यहाँ फाइलें कई चरणों से होकर गुजरती हैं...छोटे बाबू, बड़े बाबू, छोटे साहब, बड़े साहब, बड़े साहब के साहब, सबसे बड़े वाले साहब, इन सब साहबों के दफ्तरी साहब,स्टेनो बाबू, डिस्पैच बाबू वगैरह वगैरह। अब अगर हर जगह 10 परसेंट का नियम लागू हो गया तो थोड़ी गड़बड़ी हो जाएगी। ऐसी स्थिति में मेरी राय यह है कि पूरे मामले के 10 परसेंट को "इतना तो चलता है" नियम के अंतर्गत लाया जाए और आंतरिक व्यवस्था के अंतर्गत इसका ईमानदारी पूर्वक बँटवारा कर दिया जाए ... उदाहरण के तौर पर यदि किसी कौंट्रेक्टर को एक लाख का पेमेंट होना है तो नियमानुसार 10,000/- फीस होनी चाहिए और 4,000/- सबसे बड़े साहब का, 2,500/- बड़े साहब का, 1,500/- छोटे साहब का और बाकी बचे 2,000/- में सब साहबों के दफ्तरी साहब, स्टेनो बाबू, डिस्पैच बाबू वगैरह वगैरह यानी स्टाफ में हैसियत के अनुसार बँटवारा कर दिया जाए। सबसे बड़े साहब चाहें तो किसी को नोडल अफसर तय कर सकते हैं जो तय नियम के अनुसार प्रतिदिन, साप्ताहिक या पाक्षिक आधार पर हिसाब कर के बंटवारा कर दिया करे। असंतोष से बचने के लिए नोडल अफसर भी अंग्रेजी वर्णमाला के क्रमानुसार प्रति सप्ताह या पाक्षिक आधार पर बदले जा सकते हैं। मूल नियम

वही रहेगा यानी "10 परसेंट चलता है" और बाकी चीजें दफ्तर की कार्यप्रणाली और साहबों की अपनी रचनात्मकता के आधार पर तय की जा सकती हैं। इसमें एक चीज और भी ध्यान में रखने वाली है कि हो सकता है कि इस पूरी व्यवस्था में कुछ लोग ऐसे आ जाएँ जिनके सर पर अभी ईमानदारी का भूत सवार हो तो उन्हें इस व्यवस्था से अलग रखते हुए उनके हिस्से का उसी पूर्ववत अनुपात में अन्य लोगों में बंटवारा कर दिया जाए क्यूंकि बड़े बुजुर्ग कह गए हैं कि "शो मस्ट गो ऑन" यानी एक आदमी को पूरा सिस्टम बिगाड़ने की अनुमति थोड़े दी जाएगी।

अब आपको तो पता ही है कि आजकल हमारी अर्थ व्यवस्था में निजी क्षेत्र का काफी बोलबाला है। ऐसे में उनको इस नियम से बाहर रखना तर्कसंगत नहीं होगा। अब वहाँ पर यह व्यवस्था क्या रूप लेगी, यह थोड़े विचार का विषय है। ऐसा कर सकते हैं कि यदि दस में एक प्रॉडक्ट खराब निकले तो यह नियमानुसार होगा या फिर हर प्रॉडक्ट 10 परसेंट खराब हो तो भी चलेगा। मेरी समझ से दूसरा रास्ता ज्यादा बढ़िया और ज्यादा लोकतान्त्रिक तथा ज्यादा समाजवादी होगा। हर ग्राहक को थोड़ी-थोड़ी प्राब्लम होगी। पहले रास्ते में 9 ग्राहक तो मजे करेंगे जबकि 10वाँ ग्राहक अपनी किस्मत को रोयेगा। यह ठीक नहीं होगा। यानी यह तय पाया गया कि यदि आपने अपने मुहल्ले की सबसे बढ़िया वाली दुकान से एक किलो गुलाब जामुन पैक कराया, जिसमें चढ़े 20 गुलाब जामुनों में 2 की शक्ल सूरत कुछ ठीक नहीं मालूम होती है तो "यह इतना तो चलता है" नियम के अंतर्गत है। हाँ, अगर दो के बाद तीसरा गुलाब जामुन भी ठीक नहीं निकलता तो फिर यह सभ्य समाज के सर्वस्वीकृत नियमों के खुल्लमखुल्ला उल्लंघन का मामला बनता है और यह "इतना नहीं चलता है" का स्पष्ट उदाहरण माना जाएगा। इसको एक और उदाहरण से भी समझा जा सकता है कि मान लीजिए कि आप आज बहुत मूड में हैं और अपने पूरे परिवार के साथ फिल्म देखने का प्रोग्राम बना ही लिया और तय समय पर 10 टिकटें खरीद कर हॉल

में जा पहुँचे और आप देखते हैं कि आप की खरीदी दस टिकटों की जगह केवल नौ ही कुर्सियाँ आपको उपलब्ध कराई जाती हैं तो आपको इसमें बुरा न मानते हुए नौ कुर्सियों पर ही एडजस्ट करने कि कोशिश करनी चाहिए क्योंकि यह ''इतना तो चलता है'' के अंतर्गत आता है। हाँ, अगर आपको अगर आठ ही कुर्सियां दी जातीं तो आप संबंधित उच्चाधिकारी से लिखित में शिकायत करने के हकदार होते। इसी उदाहरण में फिल्म कंपनी की तरफ से भी सोचा जा सकता है कि यदि आपको कुर्सियां तो दस उपलब्ध कराई जाएँ मगर फिल्म 10 प्रतिशत कम दिखाई जाए यानी 180 मिनट की फिल्म से आखिरी के 18 मिनट हटा लिए जाएँ तो आपको यह शिकायत नहीं करनी चाहिए कि आप फिल्म का क्लाईमेक्स ही समझने से वंचित कर दिये गए। यहाँ यह ध्यान देने वाली बात है कि आपको कुर्सियां पूरी उपलब्ध कराईं गईं थीं। ऐसे में सामान्य समझ यह कहती है कि फिल्म की लम्बाई की जगह कुर्सियों की संख्या से समझौता करना ज्यादा लाभकारी है।

अब दिक्कत यह है कि प्राकृतिक न्याय के अनुसार यह नियम "इतना तो चलता है" समाज के हर क्षेत्र में हर जगह लागू होना चाहिए मगर शायद इस नियम के धुर समर्थकों को भी यह बात पसंद न आए। यह तो आप को पता ही है कि हमारे देश की संवेदनशील सीमाओं पर रात–दिन हमारे जवान चौकसी कर रहे हैं जिनके कारण हम यहाँ चैन से सो रहे हैं। ऐसे में, मान लीजिए कि 20 आतंकवादियों का एक जत्था नापाक इरादों से देश में प्रवेश की कोशिश करता है। हमारे जवान उनमें से 18 को तो पकड़ लेते हैं या मार गिराते हैं मगर दो को देश में प्रवेश कर जाने देते हैं तो यह कोई समस्या की बात नहीं होनी चाहिए, आखिर नियमानुसार "इतना तो चलता है"। अब अगर ये दो आतंकवादी देश में घुसकर आतंकवादी घटनाओं को अंजाम देते हैं तो इतना हाय तौबा क्यों? आखिर हमने ही तो यह सहज स्वीकार्य "इतना तो चलता है" का दर्शन विकसित किया है। फिर क्यूँ हम ऐसी घटनाओं पर उद्वेलित होने लगते हैं?

क्यों जनसभाएँ आयोजित करने लगते हैं आदि आदि? इसी प्रकार यदि हत्या का कोई मुक़दमा अदालत में पेश होता है जिसमें दस आरोपी बनाए गए हैं तो जज को नियमानुसार छूट होनी चाहिए कि वह जिस एक को चाहे छोड़ दे। अब यह एक चाहे मुख्य अभियुक्त ही क्यों न हो? आखिर जज और हमारी सेना के जवान भी तो इसी समाज से आते हैं और ऐसे में उन्हें हम इस नियम से परे कैसे रख सकते हैं? अब "इतना तो चलता है" नियम हमारे समाज ने जब एडॉप्ट कर ही लिया है तो इसके गंभीर परिणामों को भी सहज रूप से हँसते हँसते स्वीकार करना चाहिए कि "इतना तो चलता है..."

कार्य प्रगति पर है यानी काम चालू आहे

आजकल जब भी सड़क पर निकलिए आपको कहीं न कहीं ये लिखा बोर्ड जरूर मिल जाएगा कि सावधान! कार्य प्रगति पर है। अब इस बात के कई अर्थ लगाए जा सकते हैं...मसलन, जब कार्य प्रगति पर न हो तो आपको सावधान रहने की कोई जरूरत नहीं है या आप को छूट है कि चूंकि कोई कार्य प्रगति पर नहीं है, अतः आप आराम से असावधान हो सकते है, दूसरा अर्थ यह है कि आप इतने महत्वपूर्ण हैं कि आपको सावधान किया जाए, वरना इतने बड़े भारत वर्ष में किसको पड़ी है कि कौन सावधान है, कौन नहीं...? मरो, अपनी बला से, किसी को क्या पड़ी है, किसी को सावधान करने की? वैसे तो आप के मन में यह भी सवाल आ सकता है कि जब इतनी जगह कार्य प्रगति पर है तो कुल मिला कर देश प्रगति क्यूँ नहीं कर पा रहा? अब ये अख़बार और मीडिया चाहे जितना चिल्लाते रहें मगर हकीकत तो आपको भी पता ही है कि देश की क्या हालत है? बचपन से पढ़ते आए हैं कि भारत एक कृषि प्रधान देश है और देश की 70 प्रतिशत जनता अपनी आजीविका के लिए इसी पर निर्भर है....और यही हालत आज भी है तो प्रगति हुई कहाँ? बहरहाल, यह तो जाँच का विषय है कि देश की प्रगति क्यों नहीं हुई और इस पर

15 मंत्रिस्तरीय समितियाँ, 12 संसदीय समितियाँ, चार-छह न्यायिक आयोग और कुछ स्वनामधन्य गैर सरकारी समूह (पिछले कई बरसों से) इसकी पहले ही जाँच कर रहे हैं कि देश प्रगति क्यों नहीं कर रहा है? तो यह सवाल तो हो गया अपने अधिकार क्षेत्र के बाहर! अब बचा सवाल यह कि जब देश प्रगति नहीं कर रहा और "कार्य प्रगति पर है" के इतने सारे बोर्ड लगे हैं तो आखिर कुछ और कोई न कोई तो प्रगति कर ही रहा होगा।

अब मैं ठहरा एक नादान, आम आदमी, अगर मेरी जाँच पड़ताल में कोई कमी रह जाए तो मुझे माफ कीजिएगा मगर मैंने सुना है कि ये जो "कार्य प्रगति पर है" के बोर्ड लगते हैं उनमें कार्य प्रगति पर हो न हो, कार्य समाप्ति होते-होते उसमें लगे सभी लोगों की प्रगति हो जाती है...(हाँ, यहाँ भी गरीब मजदूर पीछे रह जाते हैं। अपने देश की तरह उनकी भी प्रगति के रास्ते में बड़े-बड़े बैरीकेडर लगे हैं। उन्हें तो एक कार्य समाप्त होने बाद फिर से अपनी दिहाड़ी तलाशनी होगी और फिर से धक्के खाने होंगे।) इसमें लगे ठेकेदार, बड़ी–बड़ी कंपनियाँ, बड़े-बड़े इंजीनियर साहब लोग, पेमेंट करने/कराने वाली पूरी मशीनरी, हर सामान के सप्लायर, यहाँ तक कि मजदूरों को सप्लाई करने वाले ठेकेदार साहब लोग, सब की ऐसी प्रगति होती है कि पूछो मत और ये प्रगति दिखाई भी पड़ती है। देख लो किसी ठेकेदार को, स्कारपियो और बलेरो से कम पे नहीं चलेगा कोई ठेकेदार...वो भी एक नहीं, कई कई...आगे पीछे कई हथियारबंद लोग....किसी राजा-महाराजा से कम ठाठ थोड़े रहता है।

यहाँ आम आदमी कई साल नौकरी करने के बाद किसी तरह से कार लोन का जुगाड़ कर के सेंट्रो और बहुत हुआ तो वैगन आर से हैप्पी हो लेता है कि "चलो भाई, घर में चार–पहिया तो आई, रोते गाते"। शाम को पूरा परिवार हनुमान जी के मंदिर जा के प्रसाद चढ़ाता है और दुआ करता आता है कि "हे हनुमान जी, नई–नई गाड़ी है...रक्षा करना...कहीं ठुक-ठुका न जाए।" और घर पहुँच के

जान में जान आती है। वहाँ, एक "कार्य प्रगति पर है" का बोर्ड उठ.ाते ही पता किया जाता है कि कौन सी दैत्याकार गाड़ी मार्केट में नई आयी है... और दाम ससुरे की चिंता कौन करता है। अगर दाम की ही चिंता करनी होती तो इस लाईन में आए काहे होते...फिर तो बाबूजी प्राइमरी स्कूल में मास्टरी का जुगाड़ कर ही रहे थे, वही कर लेते। और रही बात गाड़ी के ठुकने-ठुकाने की, तो इसकी चिंता ऊ करें जो इस गाड़ी के आजू बाजू चलें। ''जो सामने आयेगा चूर चूर हो जाएगा" का पूरा खुलेआम विज्ञापन समझो गाड़ी को। कौन ससुरा गाड़ी को पास नहीं देगा? विधायक जी को अबकी चुनाव में चंदा नहीं चाहिए कि इनके आदमियों के बगैर काम हो जाएगा।

नहीं, ऐसा नहीं है कि सब लोग इस प्रगति में उतने ही हिस्सेदार बनना चाहते हैं, मगर उनके लिए साफ साफ मैसेज है कि या तो प्रगति में हिस्सेदार बनो नहीं तो यहाँ से कहीं शंटिंग जगह ट्रान्सफर लो और हमें आराम से प्रगति करने दो। कार्य को भी और हमें भी। आम तौर पर लोग समझ जाते हैं...थोड़ा बहुत ना नुकुर के बाद प्रगति में हिस्सेदार बन जाते हैं। जो थोड़े अड़ियल किस्म के होते हैं, उनका ट्रान्सफर करा दिया जाता है, जो थोड़ा और अड़ियल होते हैं, उनको किसी मामले में फंसा कर सस्पेण्ड करा दिया जाता है और इतने से भी नहीं बात बनती तो भाई काम थोड़े रूकेगा, अंतिम विकल्प तो है ही, कचड़ा साफ करो। प्रगति तो जरूरी है भाई! एक आदमी कार्य की प्रगति कैसे रोक देगा? कोई मजाक है क्या? अरे इस देश में कोई सिस्टम-विस्टम है कि नहीं? एक आदमी कार्य की प्रगति रोक देगा तो कैसे चलेगा?

एक थे सत्येन्द्र दुबे भाई साहब, सी०पी०डब्लू०डी० में इंजीनियर। उन्होने प्रगति में हिस्सेदार बनने से इनकार कर दिया तो कोई बात नहीं, उनको भी मिल गया मैसेज कि "भाई ऐसे कैसे चलेगा? तुम प्रगति करो न करो, तुम्हारी मर्जी, मगर हमारे तो बाल बच्चे हैं भाई हमें तो प्रगति करने दो" मगर दुबे जी नहीं माने। कहने लगे कि ना

भाई, न हम प्रगति करेंगे न करने देंगे। जैसे बचपन में शैतान बच्चे कहा करते थे कि "न खेलब, न खेले देईब, खेलीए बिगाड़ब..." टाइप। बस दुबेजी ने यहाँ-वहाँ कई जगह चिट्ठियाँ लिख मारीं कि "यहाँ कार्य प्रगति में है" की आड़ में कुछ गड़बड़ी हो रही है। बस फिर क्या था? अंतिम रास्ता इस्तेमाल कर लिया गया, उनके शरीर को आत्मा से मुक्ति दे दी गयी। वैसे भी आपको तो पता ही है कि शरीर तो क्षण भंगुर है, असली चीज तो आत्मा ही है, काहे को उसको ज्यादा दिन बंधन में रखना। ऐसे ही एक सी०एम०ओ० साहब थे लखनऊ के, डॉ. बी०पी० सिंह साहब, वो भी प्रगति में हिस्सेदार नहीं होना चाहते थे, उनके ऊपर भी अंतिम रास्ता इस्तेमाल कर लिया गया।

इसलिए अब आप जब भी बोर्ड देखिएगा "कार्य प्रगति पर है" का, तो ज्यादा सोचिएगा मत और सावधान हो जाईयेगा...कार्य प्रगति में जरा भी बाधा न बनिएगा। वैसे आपकी मर्जी, मगर फिर यह ना कहिएगा कि किसी समझदार ने हमें बताया ही नहीं।

बाकी बातें घर वाले तय करेंगे

आजकल का जमाना कुछ ज्यादा ही होशियार और चमकदार नहीं लगता आपको ? शायद आपको मेरी बात से कुछ ज्यादा इत्तेफाक न हो...चलिये, एक बानगी देखते हैं। सुना है कि पढ़ाई लिखाई कर लेने से दिमाग भी ज्यादा खुल जाता है और फैसले लेने की समझ भी आ जाती है बल्कि बड़े बुजुर्ग तो यह भी कह गए हैं कि शिक्षा का मुख्य उद्देश्य ही यह है कि वह लोगों को जागरूक बनाए, फैसले लेने में सक्षम बनाए और यह बताए कि क्या सही है, क्या गलत? मगर हमेशा बड़े-बुजुर्गों की बातों पर अमल होता तो यह दुनिया ऐसी ही थोड़ी रहती, जैसी अभी है। अब लेते हैं उदाहरण....कोई रमेश, महेश, दिनेश या सुरेश जी हैं...या छोड़ो, नाम में क्या रखा है? अरे भाई, मैं नहीं, शेक्सपियर जी महाराज ने कहा है - "गुलाब को कुछ भी कह लो, रहेगा वो गुलाब ही" सो बात हमने गाँठ बाँध ली और छोड़ दिया नाम का चक्कर। रमेश, महेश, दिनेश या सुरेश जी कहने की जगह हम इन्हें कहेंगे पढ़े लिखे युवा....तो ये युवा महोदय प्रतिभाशाली हैं,पढ़े लिखे हैं और आजकल इतने प्रतिभाशाली युवक को कौन हाथ से जाने देता है? या तो सरकार लपक लेती है अपने विभिन्न तरह

के लोक सेवा आयोगों के माध्यम से या फिर देशी विदेशी बड़ी-बड़ी कंपनियाँ...आखिर ये देश के भविष्य हैं भाई!

अब इन की इतनी बढ़िया नौकरी देख कर अगर तमाम विवाह योग्य कन्याओं के पिता इनके ससुर बनने की कल्पना करने लगें तो इसमें भी कोई ऐसे घोर आश्चर्य की बात नहीं है क्योंकि यह तो सहज सामाजिक व्यवहार है। जहाँ गुड़ होगा वहाँ चीटियां लगेंगी ही.....या यूँ भी कह सकते हैं कि उगते सूरज को दुनिया नमस्कार करती है। एक चीज और भी ध्यान देने योग्य है कि अब पहले का जमाना तो रहा नहीं कि माँ बाप ने शादी तय कर दी और लड़का लड़की बिल्कुल गऊ की तरह मंडप में जा बैठे। अब तो युवाओं का जमाना है, ऐसे में शादी–विवाह के मामले में उनकी राय जानना भी बहुत जरूरी चीज है। ऐसे में ये भावी ससुर लोग सोचते हैं और ठीक ही सोचते हैं कि भाई, चलो, लड़के से ही शुरू करते हैं...लड़के के रंग रूप भी देख लेंगे, हाव भाव भी समझ लेंगे और यह भी देख लेंगे कि लड़के का बात-विचार और व्यवहार कैसा है?

तो शुरू होता है सिलसिला...लड़का फलाने ऑफिस में है, फलानी जगह रहता है और फलाने-फलाने दिन उसकी छुट्टियाँ रहती हैं...कहीं किसी मित्र, परिचित या सहकर्मी के माध्यम से मोबाइल नंबर का जुगाड़ किया जाता है (और कुछ नहीं तो आजकल तो हर चीज का बाप फेसबुक है ही, मैं शपथ खा के कहता हूँ कि जितना लड़के के घर वाले उसके बारे में नहीं जानते होंगे, उससे ज्यादा इन्फार्मेशन तो उसके बारे में फेसबुक के उसके प्रोफाइल के होम पेज पर उपलब्ध है) इस प्रकार शुरू होती है दोनों तरफ से पैंतरेबाजी। भावी ससुर जी बिल्कुल शहद मिश्रित जुबान में फोन करते हैं ..... "हैलो, हाँ, बेटा, मैं फलाने ... पुर का फलाना बोल रहा हूँ...मैंने आपका नंबर फलाना से लिया है..."। लड़का नहले पे दहला डालते हुए उससे भी ज्यादा मीठी जुबान में उत्तर देता है कि..."हाँ अंकल! बताइये, कैसे फोन किया?" भावी ससुर जी का चलताऊ डायलाग निकलेगा....

"कुछ खास नहीं बेटा। जरा आपसे मुलाक़ात करनी थी"। अब लड़के को तो पता ही है कि उन्हें क्यों आना है? इस प्रकार मीटिंग हो जाती है फिक्स और अगले चरण की भूमिका हो जाती है तैयार।

मिलते हैं दोनों भावी संबंधी अपने अपने बेहतरीन स्वरूप में, किसी नियत समय और किसी नियत जगह पर। सामान्यतया बात–चीत का सिलसिला लड़के की पढ़ाई लिखाई से शुरू होता है और फिर नौकरी की कार्यप्रणाली तक पहुँचता है। बीच बीच में भावी ससुर का सिर संतुष्टिपूर्वक हिलता रहता है कि "बढ़िया, बहुत बढ़िया"। चाय पानी भी आती रहती है और "आप लीजिए और आप लीजिए" की धुन बजती रहती है.... अंत में बात आती है मुद्दे पर कि, और बेटा शादी–वादी का क्या चल रहा है? तुम्हें कैसी लड़की चाहिए – टाइप के परम्परागत सवाल। हाँ, यह तो बताना ही भूल गया कि बीच-बीच में भावी ससुरजी अपनी सुकन्या के गुणगान गाना नहीं भूलते। यह साबित करने की बार-बार कोशिश करते रहते हैं कि वैसे तो उसने पढ़ाई लिखाई भले ही मॉडर्न की है मगर है बहुत संस्कारी। बिल्कुल भारतीय संस्कार पाये हैं उसने। ऊँची जबान में तो आज तक उसने बात ही नहीं की, खाना तो ऐसा बनाए है सारा घर उंगलियाँ चाटता रह जाता है। (पता नहीं सारी लड़कियों के अंदर ये गुण सही में विद्यमान रहते हैं या सिर्फ कल्पना ही है, यह तो ईश्वर ही जान सकता है)। बहरहाल, ये हमारे पढ़े लिखे युवक पहले-पहले तो थोड़ा शरमाने का नाटक करेंगे कि "कहाँ अंकल, अभी तो करियर की जस्ट शुरुआत ही हुई है, अभी उम्र ही क्या है?"– टाइप के दो चार बहाने करेंगे और अंत में आ जायेंगे असली वाली बात पर कि– "वैसे मुझे तो कोई दिक्कत नहीं है शादी करने में मगर आप तो जानते ही हैं कि मुझे तो सिर्फ लड़की से मतलब है, बाकी बातें तो घर वाले ही तय करेंगे....मतलब, आप समझ ही रहे होंगे न अंकल, बड़े बूढ़ों की बातों में हमारा क्या दखल?"

बस यहीं तो खेल है कि जो लड़का ज़िंदगी में कभी अपने बाप की बात नहीं मानता; बाप कहेगा कि तू उत्तर जा तो वो बिना यह

सोचे कि वो ऐसा क्यों कह रहा है, जरूर दक्षिण जाएगा। माँ कहेगी कि आज घर जल्दी आ जाना तो वो जरूर लेट आयेगा, बाप कहेगा कि हॉस्टल में कोई पंगा ना करना तो हर महीने हास्टल से कंपलेंट आएगी....; ऐसा लड़का भी अरेंज्ड मैरिज करते वक्त अचानक इतना पितृभक्त कैसे हो जाता है और कहता है कि मुझे तो सिर्फ लड़की से मतलब है, बाकी बातें तो घर वाले ही तय करेंगे....अब आप मतलब समझिए इस बात का....अरे भाई, जब तुम्हें सिर्फ लड़की से मतलब है तो शादी में और काम ही किस चीज का है लड़के के लिए और कौन सी ऐसी जरूरी बात है जो सिर्फ घर वाले ही कर पायेंगे और आप नहीं...वैसे तो अपने को आप इतना आजाद खयाल और स्वतंत्र दिखाते हैं मगर बाकी बातें तो घर वाले ही तय करेंगे ऐसा क्यों?!

अभी भी आप नहीं समझे, ये मामला साफ साफ है कि भाई मुझपे कोई ब्लेम नहीं आना चाहिए। भाई, लेन देन का चक्कर तो घर वाले ही चलाएंगे...क्योंकि पहली बात तो यह कि हम क्यों बुरे बने भाई? कल को अपनी बीवी से कह तो सकेंगे कि भाई, मैंने तो मना किया था पर तुम तो जानती ही हो पुराने लोगों को....यानी पल्ला झाड़ के सीधा निकला जा सके। दूसरे यह भी कि ठीक–ठीक से हिसाब–किताब भी तो मालूम नहीं लेन देन का। खुद इंटर के बाद निकल गए बाहर इंजीनियरिंग, मेडिकल कालेज में, तो रेट का भी तो ठीक–ठीक अंदाजा नहीं है। कहीं कम–बेशी माँग लिया तो बाबूजी अलग खऊरियायेंगे...कि– "यही पढ़ लिख के आये हैं बाहर से, कुछ भी सामाजिक व्यवहार का अता पता नहीं है...इसीलिए तो हम कहते हैं कि सब कुछ पढ़ने लिखने से ही नहीं होता....अरे, अनुभव भी कोई चीज है...वगैरह–वगैरह..."। तो भैया, कौन बवाल में पड़े ? सीधे–सीधे कह दो कि बाकी बातें तो घर वाले ही तय करेंगे....।

...क्योंकि हर आतंकवादी एक बाप होता है

चलो, माना वह एक आतंकवादी था; चलो, माना उसने बहुतों के खून से हाथ रंगे; चलो माना उसका हृदय पत्थर का बना हुआ था। मगर अफसोस! वह आतंकवादी एक बाप निकला। अब इसका अर्थ यह कतई न लगाया जाए कि उसके बाप होने का उसके आतंकवादी होने में कोई रोल था। यद्यपि हर बेटे को बचपन में उसका बाप आतंकवादी ही लगता है; वह मत करो, वो मत करो; यह खाओ, वह मत खाओ; इसके संग खेलो, उसके संग मत खेलो आदि आदि विधि, निषेध और प्रतिशोध बच्चे के मन में बाप की एक खूंखार छवि निर्मित कर देते हैं, जो बच्चा अपने जीवन में कभी भूल नहीं सकता। यह अलग बात है कि बच्चा बड़ा होकर जब बाप के रूप में परिवर्तित होता है तो वही कहानी फिर दुहराई जाती है, समय फिर से लौट आता है। बहरहाल यहाँ हम किसी बाप की आत्मकथा लिखने नहीं बैठे; न ही, पिता–पुत्र के संबंधों पर एक ललित निबंध लिखने की मेरी कोई योजना है। यहाँ तो सीधा सादा मामला यह है कि कल एक आतंकवादी के मारे जाने की खबर आई और आतंकवादी भी कोई ऐसा वैसा नहीं, आतंकवादी शिरोमणि, द बेस्ट आतंकवादी, आतंकवादी रत्न था वो। बस यूँ समझो कि अगर आतंकवाद के फील्ड में कोई ऑस्कर पुरस्कार होता तो यह

उसे ही मिलता और वो भी एक दो साल से नहीं, पिछले दस साल का पुरस्कार उसी को जाता, इसमें किसी को कोई डाउट नहीं होना चाहिए (कर्टसी – करीना कपूर, फिल्म– जब वी मेट)। बट, यू नो कि हर आतंकवादी की नियति एक ही है, इसमें भी किसी को कोई डाउट नहीं होना चाहिए। तो कट गया एक दिन उसका भी टिकट ऊपर के लिए; और कटा भी क्या, बड़ी बेरहमी से काट दिया गया। आप जानते ही हैं कि अंकल सैम (अरे, वही! अमरीका वाले चाचा जी!) किसी को छोड़ते तो हैं नहीं, घर में घुस के मारते हैं। वैसे मानवाधिकार, लोकतंत्र का भाषण अच्छा दे लेते हैं और कभी–कभी यह टेप चालू रखते हैं ताकि किसी को उनके असली इरादों की भनक न लगने पाये। तो अंकल सैम को मिल गया इस लेख की विषय वस्तु यानी आतंकवादी और हो गया उसका काम तमाम। कई दिनों तक उसके किस्से अखबारों में छाए रहे, चैनल वालों को अच्छा काम मिल गया। कई दिन तक टीवी पर उसका गाना गाते रहे। वहीं से मुझे पता चला कि वो आतंकवादी तो एक्चुयल में एक बाप था।

अब हुआ यह कि एक प्रजाति होती है खोजी पत्रकार नाम की जो न्यूज चैनलों में बहुतायत में पायी जाती है, ये इतने ही आम हैं जितना सब्जियों में आलू। जैसे बिना आलू के कोई रसदार सब्जी मजा नहीं देती वैसे ही बिना खोजी पत्रकार के न्यूज चैनल ही क्या? आलू सब्जियों में मिलाने के काम आता है और खोजी पत्रकार टी० आर० पी० बढ़ाने के। ये आम पत्रकार नहीं होते कि बस खबर दिखाई और इनका काम खतम। बल्कि सच पूछिये तो इनका काम शुरू ही होता है खबर खतम होने के बाद। इधर खबर खतम हुई और इनका काम चालू हुआ, आखिर इनको अपनी मोटी तनख़ाह को भी तो जस्टिफ़ाई करना होता है। तो ये खोजी पत्रकार लोग खोज लाये यह खबर कि आतंकवादी महोदय ने एक वसीयत भी छोड़ रखी थी। अब यह वसीयत उसने रजिस्टर्ड करा रखी थी या नहीं, या यह प्रापर तरीके से गवाहों की मौजूदगी में बनाई गई थी या नहीं; इस पर तो इन खोजी पत्रकार लोगों में भी मतभेद है। हालांकि इसमें चिंता

की कोई बात नहीं; कई खोजी पत्रकार लोग इस काम में भी लगे हुए हैं, जल्दी ही हमारे सामने पूरी की पूरी रजिस्टर्ड विल होगी मय गवाहों के साथ। बहरहाल इस आधी–अधूरी जानकारी से भी हमें यह तो पता चल ही गया कि आतंकवादी महोदय रहे होंगे आतंकवादी औरों के लिए पर अपने बच्चों के लिए वह वास्तव में एक बाप ही थे। लिखते हैं वो अपनी वसीयत में–

"मेरे बच्चों, मुझे अफसोस है कि मैं तुम लोगों को ज्यादा टाइम दे नहीं सका। अब तुम लोग तो जानते ही हो कि एक आतंकवादी का काम कितना कठिन होता है? कोई ऑफिस आवर तय ही नहीं। दिन में रेकी करो यानी जगह तलाश करो कि कहाँ विस्फोट करना है, फिर लगो रात में प्लानिंग में कि कब कहाँ और कैसे, क्या–क्या होगा? सामान मुहैया कराओ भाई लोगों को, यह बंदूक, वह बम, वो स्टेन गन, वो ए०के० सैंतालीस....आदि–आदि। कितना तो आजकल आइटम आ गया है, फिर यह भी ख़याल रखना है कि कोई देख सुन न रहा हो, आजकल आतंकवादी बनना भी कोई आसान काम नही रह गया है। चप्पे–चप्पे पे सुरक्षा, हर कोई तो हमारे ही काम में टाँग अड़ाना चाहता है। ऐसे में कैसे तुम लोगों को टाइम दे पाता? कहाँ तुमको घुमाने ले जा पाता? यह भी तो डर लगा रहता था कि कहीं भीड़–भाड़ वाली जगह चलें और वहाँ अपने ही आदमी विस्फोट की तैयारी में न लगे हों। अब सब कुछ मुझे मालूम थोड़े रहता था। अपना काम तो सिर्फ बड़े टार्गेट की प्लानिंग करना था जैसे एम्बेसी हुई, जैसे राजभवन हुआ या कोई आर्मी बेस हुआ...यानी खास-खास जगहें, बाकी छोटा मोटा विस्फोट जैसे कोई सिनेमाहाल हुआ, जैसे कोई छोटा–मोटा बाजार हुआ या वैसे ही केवल कभी-कभी सेन्सेशन फैलाने के लिए विस्फोट, ये सब काम मैंने डेलीगेट कर रखा था। यह बात हमेशा ध्यान रखना कि लीडर के लिए यही जरूरी नहीं है कि वह काम करना जाने बल्कि ये उससे भी ज्यादा जरूरी है कि वह औरों से काम लेना जाने।

मुझे यह भी अफसोस है कि तुम लोगों को मैंने फेसबुक पर तुम्हारा प्रोफाइल डालने से मना किया। एक तो मैं प्रिंसिपली इसके अगेन्स्ट हूँ। इंटरनेट पर आदमी पूरा होशो–हवास खो बैठता है, बुरी तरह से इसका एडिक्ट हो जाता है। दूसरे अंकल सैम का सेटेलाइट चारों तरफ घूमता रहता है। जैसे ही घर में इंटरनेट ऑन होता है, उसको घर का पता चल जाता है। मेरी यह भी बहुत इच्छा थी कि तुम लोगों को किसी टॉप के इंग्लिश मीडियम स्कूल में डालूँ, क्योंकि मैं जानता हूँ कि आजकल बिना इंग्लिश मीडियम के अच्छी नौकरी नहीं मिलती। मगर मैं ऐसा नहीं कर सकता था। एक तो इसलिए कि तुम लोगों को घर से बाहर भेजना ख़तरे से खाली नहीं था; दूसरे मैं आतंकवादी सही मगर मेरा कोई उसूल है। मैं तुम लोगों को इंग्लिश मीडियम में डालता तो अपने दूसरे शागिर्द लोगों को कैसे मना कर पाता? मैं कोई नेता थोड़े हूँ जो बाहर इंग्लिश मीडियम का विरोध करता रहूँ और अपने लड़कों को पढ़ने के लिए आस्ट्रेलिया या अमरीका भेज दूँ। कई बार मैंने यह सोचा कि चलो, आज तुम लोगों को आउटिंग करा लाऊँ मगर मैंने मन मार लिया कि नहीं, सावधानी हटी, दुर्घटना घटी। इसलिए घर पर ही रूखा–सूखा खा कर गुजारा किया। कोई रिस्क नहीं लिया। मेरे बच्चों, मुझे माफ करना। अगर मेरी वजह से तुम्हें कोई तकलीफ हुई हो तो यह मान के चलना कि मैंने जो भी किया, तुम्हारी भलाई के लिए किया, आखिर मैं तुम्हारा बाप जो ठहरा"।

जैसा चल रहा है, चलता रहे

सार्वजनिक जीवन में आरोप–प्रत्यारोप लगना कौन सी बड़ी बात है? न ही यह कोई नई बात है। आजकल भी लगते रहते हैं। यह वस्तुतः ख़बरों और आरोप–प्रत्यारोपों का चोली दामन का साथ है, बल्कि आरोप–प्रत्यारोप तो खबरों का कच्चा माल हैं। अगर सब बढ़िया–बढ़िया ही चले तो हमारी दुनिया कितनी नीरस और उबाऊ हो जाएगी? अब मान लीजिए भारत वर्ष में ओलंपिक खेल हो जाते हैं (वैसे निकट भविष्य में इसकी कोई संभावना नहीं है, खासकर राष्ट्रमंडल खेलों के अति सफल(!!!) आयोजन के बाद, मगर फिर भी सुनहरे ख्वाब देखने में न तो कोई बुराई है न अभी इस पर कोई टैक्स ही लगता है), और सब कुछ सकुशल गुजर जाता है...आराम से खिलाड़ी आते है, खेलगाँव में शानदार सुविधाओं में रहते है, उन्हें कोई शिकायत नहीं होती, आराम से खेलते हैं, कुछ रिकार्ड तोड़ते हैं, कुछ नए रिकार्ड बनाते हैं और आराम से इंडिया को "थैंक यू" बोलते हुए अपने–अपने देशों को लौट जाते हैं तो इसमें कोई रस है? है कोई खबर? न कोई चूँ न चाँ!! अख़बार, पत्रिकाओं और चौबीस घंटे चलने वाले खबरिया चैनल वालों का तो बज गया बाजा। अब कौन तो उन्हें देखेगा और कौन तो उन्हें देगा विज्ञापन?

ऐसे में जरूरी है कि कोई घोटाला हो, खेलगाँव में कमरों में छिपकलियाँ पाई जाएँ, खाने में काकरोच निकलें, पीने के पानी में कीड़े पाये जाएँ और सबसे बढ़ कर जब खिलाड़ी स्टेडियम अपनी–अपनी खेल प्रतियोगिता में हिस्सा लेने पहुँचे तो सुरक्षा में मौजूद सुरक्षाकर्मी

मासूमियत से पूछे कि "भाई साहब/बहन जी, आप कौन? आप कहाँ घुसे जा रहे हैं? यह तो वी०आई०पी० गेट है, यहाँ से केवल बड़े साहब लोगों की इंट्री है"। जब मीडिया में हँगामा हो, खेल मंत्री जी हस्तक्षेप करें और तब जा के खिलाड़ी को एंट्री मिले और सुरक्षाकर्मी और भी ज्यादा मासूमियत से कहे कि "यह इतनी टाइट सुरक्षा व्यवस्था हम लोगों ने आप ही के लिए तो रखी है...मजाल है जो कोई परिंदा भी पर मार ले" और इसके कुछ ही देर बाद थोड़ी देर में स्टेडियम के पिछले गेट पर छोटा सा विस्फोट हो जाए और हमारे जिम्मेदार अधिकारीगण पुरजोर कोशिश करें कि– "नहीं, यह कोई विस्फोट नहीं, यह तो बच्चों द्वारा छुड़ाया गया पटाखा था" और अंत में जब मीडिया बिल्कुल ही पीछे पड़ जाए तो कह दें कि– "यह पड़ोसी देश की साजिश है जो नहीं चाहता कि इंडिया में ओलंपिक का सफल आयोजन हो...." अब देखिए, थोड़ा बहुंत चिल्ला–चिल्ली हुई और जनता का फोकट में इतना मनोरंजन हुआ...कोई टिकट नहीं, कोई इंटरटेनमेंट टैक्स नहीं। सब व्यवस्था फ्री में...!

अब आप सोचिए कि हमारी सरकार कोई योजना लाये और खूब ज़ोर–शोर से लागू करे। विपक्ष वाले भी कहें कि नहीं, सरकार इस योजना को लागू कर के बड़ा अच्छा काम कर रही है...सरकारी अधिकारी–कर्मचारी योजना को सकुशल लागू करने के लिए जी जान लगा दें...बिल्कुल सही पात्रों तक योजना का लाभ पहुँच जाए तो है इसमें कोई मजा? है इसमें कोई विशेष बात? आखिर सरकारी लोग होते ही किसलिए हैं? सरकारी काम करने के लिए ही तो उन्होंने अपना काम किया तो क्या बड़ी बात हो गई? भाई, इसी काम की तो उन्हें तनख़ाह मिलती है। मजा तो तब हो जब योजना की शुरुआत से ही हल्ला–गुल्ला मचना शुरू हो जाए। सबसे पहले तो योजना के नामकरण पर ही हल्ला हो कि सरकारी योजना का नाम फलां व्यक्ति विशेष के ऊपर ही क्यों रखा गया? क्या देश में और महान व्यक्तियों की कोई कमी है? (जैसे महान व्यक्ति आदमी तभी बनता है जब उसके नाम के ऊपर सरकारी योजना चलाई जाए वरना तो वो महान हुआ ही नहीं)...जब नामकरण का हल्ला समाप्त हो तो विपक्ष यह आरोप लगाना शुरू करे कि योजना एक खास समुदाय या क्षेत्र को लाभ पहुँचाने के उद्देश्य से बनाई गई है या फिर ऐन चुनाव के

पहले इस योजना को लाने के पीछे सरकार की मंशा क्या है? खैर, इन सब के बाद किसी तरह से योजना का उद्घाटन हो भी जाए तो जुट जाएँ अखबारनवीस उस योजना की कमियां निकालने में। खबरिया चैनल आ जाएँ मैदान में उस योजना की धज्जियाँ उड़ाने में...रही सही कसर तब पूरी हो जाए जब उस योजना का लाभ अपात्रों को मिलने की खबर आने लगे....सोने पे सुहागा तो तब हो जब सरकारी कर्मचारी योजना का लाभ देने के लिए किसी गरीब गुरबे से सौ–दो सौ रुपए की घूस लेते हुए रंगे हाथ पकड़ा जाए और टी०वी० पर इसे इतनी बार दिखाया जाए कि दर्शक को लगने लगे कि इस आदमी को कहीं देखा है। चैनल वाले हर आदमी से इस पर प्रतिक्रिया माँगते हुए पाये जाएँ, कुछ इस तरह कि अगर प्रतिक्रिया नहीं दोगे तो माइक तुम्हारे मुँह में घुसेड़ देंगे। अब देखिए, इस तरह की व्यवस्था में जिंदगी जीने का मजा ही कुछ और है; जहाँ हर दिन इतना घटना प्रधान है कि जिंदगी जीने का रस है, रवानी है; अभी एक घोटाले की जाँच पूरी नहीं होती कि दूसरा सामने आ जाता है...एक दिन हास्पिटल में आपरेशन के बाद पेट में तौलिया छोड़ने की खबर आती है तो दूसरे दिन पुलिस हिरासत में मौत की खबर आती है... किसी दिन किसी हीरोइन का चक्कर किसी क्रिकेट खिलाड़ी से चलने की खबर आती है तो अगले ही दिन बयान आ जाता है कि नहीं हम तो सिर्फ अच्छे दोस्त हैं और मजा देखिए, कुछ दिनों बाद उन्हीं दोनों के अफेयर टूटने की खबर भी आम पायी जाती है। अब जो मजा इस चिल्ला चिल्ली का है, जो जिंदगी का रस इस आरोप–प्रत्यारोप का है, जो गहमागहमी इन ख़बरों से तेज रफ्तार जिंदगी में है; वो तब कहाँ होगी जब सब कुछ अच्छा चलने लगे यानि अधिकारी कर्मचारी काम करने लगें, टीचर पढ़ाने लगें, डॉक्टर सही से इलाज करने लगें, देश के नीति नियंता आपस में लड़ना बंद कर जनकल्याणकारी नीतियाँ बनाने लगें। फिर क्या, न होगी चिल्ला–चिल्ली, न होगा हंगामा और न रह जाएगा जीवन में रस....इसलिए जीवन में मजे के लिए जरूरी है कि जैसा चल रहा है,चलता रहे सदाबहार....।

देखुवार दुनिया भर के

आपने अकसर सुना होगा, पढ़ा होगा कि बॉलीवुड में हर शुक्रवार को एक स्टार पैदा होता है; आखिर उस दिन फिल्में रिलीज होती हैं। खैर यह तो बॉलीवुड की बात हुई पर अपना इलाहाबाद भी किसी बॉलीवुड से कम नहीं है। भाई देसी छात्रों के लिए इस जगह को पढ़ाई का मक्का मदीना ही समझो। यहाँ भी हर रिज़ल्ट के साथ स्टार पैदा होते हैं, वो भी एक नहीं ढेरों। हर हफ्ते, महीने किसी ना किसी चीज का फ़ाइनल रिज़ल्ट आता ही रहता है– कभी पी०सी०एस० का कभी आई०ए०एस० का, कभी एस०एस०सी० का, कभी रेलवे का, कभी मास्टरी का, कभी डॉक्टरी का। इन रिज़ल्ट्स के साथ मिलती है सरकारी नौकरी और सरकारी नौकरी का अपने यहाँ है बड़ा क्रेज। वैसे भी आजकल सरकारी नौकरी अंत्योदय अन्न योजना के स्टॉक की तरह अपने सही स्थान पर पहुँचने से पहले ही ब्लैक हो जाती है, ऐसे में इसकी महत्ता और भी बढ़ जाती है। छठवें वेतन आयोग और हाल में निजी क्षेत्र में आई मंदी ने तो जैसे सरकारी नौकरी की महिमा में और चार चाँद लगा दिये।

ऐसे में अगर किसी प्रतियोगी छात्र को छोटी सी भी नौकरी मिली नहीं कि आने शुरू हो जाते हैं प्रस्ताव शादी के। इसीलिए तो मेरे एक मित्र ने लोक सेवा आयोग का अपने हिसाब से नामकरण किया था– "लोक सेवा आयोग मैरिज ब्यूरो'। सही भी है कई लोग

आयोग से सफल छात्रों की सूची निकलवा कर उनमें अपने–अपने जाति–बिरादरी के अविवाहितों का नाम–पता–उम्र जान कर निकल पड़ते हैं शिकार की तलाश में। दूर–दराज के सगे संबंधी जो यूँ ही छात्र का मजा लेते ही रहते थे, जो कभी हाल–चाल लेने की जहमत भी नहीं उठाते थे; कहीं शादी–विवाह में मिल जाने पर व्यंग्य भरे स्वरों में पूछते थे, "और भई, कब तक पढ़ाई–लिखाई करोगे?" अचानक बड़ी आत्मीयता भरे पत्र या फोन के साथ भेजने लगते हैं देखुवार। छात्र तो गौण हो जाता है, महत्वपूर्ण हो उठता है अचानक उसका पद। छात्र की उम्र–यही कोई 30 से 32 साल, क्या फर्क पड़ता है? सर के बाल थोड़े कम हैं, चलेगा। पेट काम भर का निकाल आया है; अरे, जरा सी वर्जिश हो जाएगी, सब ठीक हो जाएगा। पान, बीड़ी, सिगरेट, तंबाकू खाता है, तो क्या हुआ? ये तो आजकल सोसाइटी में एक्सेप्टेड हैं। कहने का लब्बो–लुबाब यह कि नौकरी से पहले जो चीजें छात्र में ऐब मानी जाती हैं, वो अचानक गुणों में परिवर्तित हो जाती हैं।

छात्र और उसके परिवार वाले भी कोई कच्ची गोलियाँ नहीं खेले होते। बाकायदा तोल–मोल होता है। नौकरी के हिसाब से दूल्हे का मार्केट रेट तय होता है। तनख्वाह भले कम हो, पर ऊपरी कमाई वाले का रेट हाई होता है– हमेशा। देने वाले भी कोई इसे खर्च समझकर थोड़े देते हैं, वो तो इसे एक निवेश (इंवेस्टमेंट) समझते हैं और धीरे–धीरे संबंधों का प्रगोग पाई–पाई वसूलने में करते हैं। तो कुछ समझ आया भैया? थोड़ा पढ़ लिख लो, रेट लगेगा ठीक और देखुवार होंगे हाई क्लास...।

तलाश आने वाले कल की

भविष्यवाणी करना कितना कठिन काम है? कितना दिमाग खर्च करना पड़ता है? तरह–तरह के शास्त्र पढ़िए, तिल विचार जानिए, हस्तरेखा शास्त्र में निपुणता प्राप्त करिये, सामुद्रिक शास्त्र का अध्ययन कीजिए, ज्योतिष की 'लाल किताब' को सादर सहेजिए। इतना सब करने के बाद एक भविष्यवाणी कीजिए कि इस बार फलाना प्रदेश में फलाना दल की सरकार बनेगी या फलाँ गठबंधन विजयी होगा। लेकिन ईश्वर की मर्ज़ी देखिए। जनता भी जरा भी नहीं सोचती है। सारी भविष्यवाणियों का बैंड बजा देती है। जरा भी इन भविष्यवक्ताओं के भविष्य के बारे में नहीं सोचती। भविष्यवक्ता का तो पूरा करियर ही चौपट हो गया। न कुछ कहते बनता है, न कुछ सुनते। मगर क्या करें? कुंडली देखने पर तो यही लगता था कि 'राहु' 'केतु' के घर में बैठा है, 'केतु', 'चन्द्र' के (इन ग्रहों को भी पता नहीं क्यूँ अपने घरों में चैन नहीं मिलता, दूसरे के घरों पर जब देखो कब्जा जमाए रहते हैं। पता नहीं ईश्वर के यहाँ कोई जमीन विवाद निपटारा समिति है या नहीं, जो इन अवैध कब्जों का समाधान कर सके!!!) ऐसे में ग्रहदशा तो यही कह रही थी की सरकार फलाना दल की ही बनेगी। 'शुक्र', 'बृहस्पति' की तरफ देख रहा था, 'शनि' कुछ मंद था, सूर्य का प्रभाव भी क्षीण था, इसलिए ऐसा लग रहा था कि त्रिशंकु विधानसभा की भी आशंका है। पर क्या किया जाए? चुनाव परिणाम आते ही सब ग्रह

अपने–अपने घर चले गए और चैन से सो रहे हैं, कहीं कोई लफड़ा नहीं और कहीं कोई विवाद नहीं। अचानक सब ग्रहदशा मस्त। फलाँ दल की जगह फलाँ दल की सरकार बन गई। सबका भविष्य सुधर गया सिवाय इन बेचारे भविष्यवक्ताओं के। अब कुछ दिन तक तो कोई नेता द्वार पर ही नहीं झाँकेगा, ख़ासतौर पर हारा हुआ।

अब देखिए इमेज सुधारने के लिए भी तो पापड़ बेलने ही पड़ेंगे। धीरे–धीरे ऐसी बातें सामने आने भी लगती हैं। एक्चुयल में कुंडली ही गलत बनी थी फलाँ दल की। साथ ही फलाँ दल के अध्यक्ष महोदय की कुंडली भी सही उपलब्ध नहीं थी, ऐसे में भविष्यवाणी तो गलत होनी ही थी। इसमें ज्योतिष का कोई कसूर नहीं है। अब यह बात इन बेचारे भविष्यवक्ताओं से कौन पूछे कि कुंडली गलत बनी है, आपको पहले नहीं पता चली थी। भविष्यवाणी करने से पहले कुंडली ही जाँच लिए होते तो इतनी दुर्दशा तो नहीं होती। वैसे सच बात तो यही है कि नेताओं की सही कुंडली तो उनके बनाने वाले ब्रह्मा भी नहीं बना सकते, आम क्षुद्र प्राणी की तो बिसात ही क्या? हाँ, नेताजी अगर अपने पे आ जाएँ तो वो जरूर बने बनाये आदमी की कुंडली बिगाड़ सकते हैं ।

दरअसल लोगों में भविष्य जानने की इतनी उत्कंठा होती है कि उनमें भविष्य बताने वाले किसी भी व्यक्ति के प्रति सहज आकर्षण हो जाता है। याद कीजिए जरा अपने बचपन के, कॉलेज के दिन। जब कोई आपका ही सहपाठी आपका हाथ पकड़कर, रटे–रटाये सामान्य से वाक्य बोलता था और आप बिल्कुल फ्लैट हो जाते थे, मसलन– 'तुम्हारे पास पैसा तो आता है पर टिकता नहीं', 'तुम लोगों की जितनी भलाई करते हो, उसके बदले मैं तुम्हें बुराई ज्यादा मिलती है'; 'तुम जितनी मेहनत करते हो, तुम्हें उतना रिज़ल्ट नहीं मिलता', 'तुम भावुक बहुत हो, सबके बारे में सोचते रहते हो', आदि–आदि। अब यह सब बातें भला किस पर फिट नहीं बैठतीं? आप आज भी सोचकर देखिए, लगेगा सारी बातें आपके बारे में बिल्कुल सही हैं।

सोचिए जरा, क्लास में जो लड़की किसी को घास तक नहीं डालती थी; वो भी कैसे अपना भविष्य जानने के लिए बिल्कुल अनजान से सहपाठी से घंटों अपना हाथ दिखवाया करती थी और बाकी लड़के कुढ़ते रहते थे।

खैर, क्या भविष्यवाणियाँ गलत साबित होने से रुक जाएँगी? नहीं, कभी नहीं। यह तो निष्काम भाव से की जातीं हैं। बाकी इनको सही करना न करना तो ईश्वर के हाथ में है। यकीन न आए तो किसी खबरिया चैनल पर निगाह मार लीजिए। सुबह–दोपहर–शाम आपको इनके कार्यक्रमों में नियमित रूप से भाँति–भाँति के भविष्यवक्ता मिल जायेंगे। कोई पारंपरिक पोथियों से भविष्य बताता मिलेगा, कोई हाई–फाई तरीके से 'टैरो कार्ड' से भविष्य बताने का दावा करेगा और मजे की बात यह कि जब भी आप अपनी राशि का भविष्यफल सुनेंगे आपको लगेगा बिल्कुल सही कह रहा है सामने वाला। बातें इतनी सामान्य तरीके की होती हैं कि सब पर बिल्कुल फिट आयें। यकीन न हो तो किसी दिन आजमा के देख लीजिये।

जायज़ा चुनावी माहौल का

लो भई चुनावों की शुरुआत भी हो गई। एक चरण गुजर गया, एक गुजरने वाला है। धीरे–धीरे पूरा चुनाव ख़त्म हो जाएगा। मगर आपको नहीं लगता कि कुछ खास माहौल नहीं बन पा रहा? चुनावों की गर्मी से ज्यादा तो अप्रैल की गर्मी झुलसा रही है। पता नहीं चुनाव आयोग का असर है या वाकई गर्मी कुछ ज्यादा बढ़ गई है कि लगता ही नहीं कि चुनाव हो रहा है। जब तक झंडे–बैनरों से सारा शहर पट न जाए, जब तक किराए पर रखे भोंपू अपने नेता का गुणगान करते न दिखें, जब तक रोज–रोज होने वाली भाषण बाजी सुन–सुन कर कान न पक जाएँ, जब तक हर घर की दीवार पर पोस्टरों से एक इंच भी जगह खाली है तब तक कैसा चुनाव? कैसी चुनावों की गर्मी? खैर, फिर भी चुनाव तो होने ही हैं। भले ही उत्तेजक और भड़काऊ भाषण देखने–सुनने को मिले ना मिले। भड़काऊ भाषणों की भी क्या खूब बात है? थोड़ा बहुत माहौल में गर्मी तो इसी से आती है मगर बुरा हो इन मीडिया वालों का भी। जबरदस्ती हल्ला करा–करा के इतनी बार दिखाना शुरू कर दिया कि अब नेताजी लोग इससे बचते ही फिर रहे हैं। फिर भी कहीं कुछ उल्टा सीधा किसी प्रत्याशी के मुँह से निकल आए तो चुनाव आयोग भी क्या करे? मजबूरी में एफ०आई०आर० कराना ही पड़ता है। फिर क्या? अगली समस्या प्रशासन के सामने खड़ी हो जाती है। गिरफ्तारी–गिरफ्तारी के खेल

से 'मैं इधर जाऊँ या उधर जाऊँ; आखिर मैं किधर जाऊँ?' वाली हालत हर किसी के सामने हो जाती है। प्रशासन के सामने बिल्कुल विकल्पहीनता की स्थिति आ जाती है। प्रत्याशी को गिरफ्तार न करने पर चुनाव आयोग का खौफ, नौकरी बचानी मुश्किल; गिरफ्तार कर लो तो मुफ्त में प्रत्याशी को पब्लिसिटी और सहानुभूति के वोट। सत्ताधारी पार्टी के नाराज होने का ख़तरा। सबसे बड़ी बात तो यह कि चुनाव आयोग तो चुनाव करा के निकल लेगा धीरे से, बाद में प्रत्याशी से जीवन भर की व्यक्तिगत दुश्मनी झेलिए। यूँ तो आजकल क्रिकेटिया भाषा में बात करने को जी नहीं करता मगर फिर भी इसे क्रिकेटिया भाषा में कहें तो कुल खेल का मतलब यह है कि होने वाले थे कैच मगर फील्डर के हाथ से कैच छूटा और गेंद सीमा रेखा से पार चार रन। खतरनाक हो सकता था, मगर बच गए और महत्वपूर्ण चार रन मिले। अब ये महत्वपूर्ण चार रन प्रत्याशी को भी मिल सकते है और प्रशासन को भी। यह सब निर्भर करता है कि टाइम किसका अच्छा चल रहा है?

इधर अपने बारे में पूरी घोषणा करना चुनाव आयोग ने प्रत्याशियों के लिए अनिवार्य कर दिया है। इससे भी नए–नए मंजर सामने आ रहे हैं। नेताजी लोग अपने भाषणों में चाहें जितना आरोप–प्रत्यारोप करें मगर व्यक्तिगत ब्योरे के बारे में कोई विशेष टिप्पणी नहीं करते। कितनी अच्छी बात है? निजता का सम्मान और कोई व्यक्तिगत आक्षेप नहीं। कोई यह नहीं पूछता कि एक चुनाव और दूसरे चुनाव के दरमियाँ बाकी ब्यौरों में तो कुछ खास अन्तर नहीं आता मगर संपत्ति में दिन दूनी, रात चौगुनी वृद्धि कैसे हो जाती है? इसी वृद्धि दर से अगर पूरा देश विकास करता तो अब तक तो हम चंद्रमा पर फ्लैट खरीद रहे होते। मगर नहीं मेरे भाई, अगर सब करोड़पति हों तो कौन एक दूसरे को भ्रष्टाचारी कह के अपने ही पाँव में कुल्हाड़ी मारे। जब 8–10 आपराधिक मुक़दमे सब प्रत्याशियों पे हों तो कौन एक दूसरे

को कैसे अपराधी कहे? यानी कि "लब पर आधा झूठ और आधा मन में है, यूँ नया भारत बनाने का इरादा मन में है"।

इधर चुनावों ने एक और भी नया मंजर पैदा किया है। पूरे देश–प्रदेश में हर काम होने की दर सुस्त हो जाती है। पूरे देश–प्रदेश की जनता के साथ–साथ प्रशासनिक अमला भी चुनावी त्यौहार मनाने में मगन हो जाता है। जनता चाय–पान की दुकानों पर इनकी–उनकी जीत हार के अनुमान लगाने में जुटी है और प्रशासन ऊपर से निर्देश लेने में लगा है। प्रशासनिक अधिकारियों और कलेक्ट्रेट के कर्मचारियों की तो मजबूरी है मगर बाकी विभागों में अकसर सरकारी अधिकारी और कर्मचारी चुनावी ड्यूटी लग जाने पर उसे कटवाने की जुगाड़ करते पाये जाते हैं। इतना पकाऊ काम जो होता है। जबरदस्ती अधिगृहीत की गई बस–गाड़ियों में आप लोगों को ठूँस ठूँस कर चुनावी ड्यूटी पर भेज देंगे तो क्या होगा? कहने के लिए पोलिंग ऑफिसर, रिटर्निंग ऑफिसर और सेक्टर मजिस्ट्रेट जैसे भारी भरकम पद नाम दे देंगे मगर टी०ए०, डी०ए० के नाम पर ऐसा चिड़िया का चुग्गा पकड़ा देंगे कि आदमी की समझ में ही न आए कि आखिर नंगा नहाये क्या और निचोड़े क्या? ऐसे में लोग चुनावी ड्यूटी कटवाने का जुगाड़ न करें तो क्या करें? वहीं चुनावों में रोजमर्रा के सरकारी काम तो भगवान भरोसे ही समझो। कहीं चुनावी आचार संहिता की वजह से, तो कहीं सरकारी कर्मचारियों की चुनावी ड्यूटी की वजह से काम रुक–रुक के हो रहा है, मगर जनता कितनी सहनशील है कि उफ तक नहीं करती। वो भी आजकल वादों के बाउंसर झेल रही है–अपना सीना चौड़ा करके और सोच रही है कि "मीठी–मीठी बात करोगे, छुपकर भीतर घात करोगे; आएगा जब वोट का मौसम, वादों की बरसात करोगे!"

खुद से एक मुलाकात

मैं एक बिल्कुल सीधा साधा आम आदमी हूँ। आम यानी बिल्कुल आम। जरा भी खास नहीं। आम भारतीय लम्बाई पाँच फीट नौ इंच, रंग गेंहुआ, गोल–निम्न मध्यमवर्गीय चेहरा। काम भी कुछ खास नहीं करता, बस दाल रोटी चल जाती है। आज के दौर में जब दाल अस्सी रुपये किलो हो और गेंहू बीस रुपये तो दाल रोटी चलना भी मामूली बात नहीं। बहरहाल, यह मेरा सीधा साधा परिचय है जिसमें कुछ खास न तो है, न हो सकता है ।

एक दिन यूँ ही राह चलते चलते मेरी खुद से मुलाकात हो गई। अब आजकल के दौर में जब लोगों के पास खुद के बारे में सोचने की भी फुर्सत नहीं, ऐसे में मेरी खुद से मुलाकात एक आश्चर्यजनक घटना थी। सोचा लगे हाथ अपना इंटरव्यू भी कर लूँ। आम आदमी आम क्यों है? यह पता भी चल जाएगा और मैं भी कुछ कह लूँगा, खुद के बहाने। तो पेश है मेरी खुद से मुलाकात के प्रमुख अंश:

अपने बचपन के बारे कुछ बताएँ।

बचपन के बारे में क्या बताना है (गहरी साँस)... बस यूँ समझिए कि घर में बाप से मार खाते थे, स्कूल में मास्टर साहब से। निक्कर को हमेशा एक हाथ से संभालना पड़ता था, दूसरा हाथ नाक पोंछने में बिजी रहता था। थोड़ा बड़े हुए तो गिल्ली डंडा और कंचे खेलने

लगे। हाँ, कभी–कभी दीवार पर तीन रेखाएं खींचकर, लकड़ी का पटरा लेकर और कॉर्क की बॉल से क्रिकेट जैसा कुछ खेल खेल लेते थे। जिसमें चौका और छक्का मारने पर आउट हो जाना पड़ता था क्योंकि इतने ऊँचे शॉट मारने पर गेंद खोने का डर रहता था, साथ ही मुहल्ले की खिड़कियों की सुरक्षा की जिम्मेदारी भी हमीं कमबख्तों पे डाल रखी थी बड़े बुजुर्गों ने। हाँ, दुक्की जरूर होती थी, यानी कि तेज जमीनी शॉट पर दो रन।

स्कूल में दोस्तों से मार पिटाई में कभी हारते थे कभी जीतते थे पर छोटी बहनों से हमेशा जीतते थे। बलशाली जो थे। उनकी पेंसिल यानी मेरी पेंसिल। उनकी कॉपी यानी मेरी कॉपी। छोटा भाई जरूर हमारे नुस्खे हमीं पे आजमाते पाया जाता था, नतीजा गृह–युद्ध जिसमें शांति की एक ही गुंजाइश थी कि मम्मी हमारी बल भर पिटाई करें और हम थक के सो जाएँ हालांकि इतने बुरे नहीं थे हम मगर (गहरी साँस)...

कुल मिला कर बचपन मजेदार था। मेरा तो मानना है कि प्रत्येक व्यक्ति को दो बार बचपन का मौका मिलना चाहिए। एक तो बचपन में दूसरे जब चाहे व्यक्ति चुन लें। हा हा...!

आपकी शिक्षा कहाँ तक हुई? पढ़ाई में आप कैसे थे?

चूंकि मैं एक आम भारतीय हूँ इसलिए पढ़ाई भी आम ही थी। पढ़ने में मन लगता नहीं था, जबरदस्ती रट्टू तोता की तरह रटते रहे क्योंकि फ़ेल होने से डर लगता था (वजह–बच्चों को अकसर फेल होने पर उनके पिताओं द्वारा दी जाने वाली शारीरिक शिक्षा के कारण कभी फेल होने की हिम्मत नहीं हुई)। नकल की व्यवस्था आज की तरह अति उत्तम और हाइटेक नहीं थी। साथ ही आज की तरह पिताजी लोग नकल की व्यवस्था नहीं करते थे बल्कि नकल करने की शिकायत किए जाने पर जमकर ठोकते थे। सो, रोते धोते पढ़ते रहे, हर क्लास में लगा कि अब फ़ेल हुए कि तब पर किसी तरह ईश्वरीय कृपा से गुड सेकंड पास होते रहे।

स्कूल से जब कॉलेज पहुँचे तो मजनूँ बनने का थोड़ा शौक इतराया पर कहाँ कहीं कोई लैला मिली। बस चार दिन का छलावा निकला। तो वहाँ भी टोटे हाथ ही रहे। साइन्स पढ़ना अपने बस का रोग नहीं था सो यूनिवरसिटी ने बी०ए० की डिग्री थमा दी। एम०ए० में एडमिशन लेते लेते रह गए क्योंकि कुछ तो पैसों की किल्लत ऊपर से जिम्मेदारियों का एहसास।

करियर के बारे में आपने क्या सोचा था?

आम भारतीय युवा करियर के बारे में आसमान से सोचना शुरू करता है और धीरे धीरे, उतरते–उतरते पाताल तक चला जाता है। स्कूल और कॉलेज के दिनों में आई०ए०एस० और यूनिवरसिटी का प्रोफेसर बनने का ख्वाब रखता था, धीरे धीरे हकीकत के पर्दे खुलते गए और एक छोटी सी नौकरी की तलाश पूर्णकालिक रोजगार बन गई। फिर कैसा करियर और क्या सोचना? आपको पहले ही बताया दाल रोटी चल जाती है।

समाज के लिए आप क्या सोचते हैं? आप कहाँ तक अपने को समाज के लिए उपयोगी पाते हैं?

यह तो बड़ा ही कठिन सवाल पूछ लिया। समाज के लिए सोचने का काम तो बड़े लोगों का है, कुछ खास लोगों का। मैं ठहरा आम आदमी, मैं भी सोचूंगा तो मार खाऊँगा और समाज विरोधी अलग से कहलाउंगा। जहाँ तक समाज में मेरी उपयोगिता का सवाल है तो मैं सब्जियों में आलू की तरह हूँ। आप किसी से पूछिए क्या सब्जी बनी है लोग बोलेंगे गोभी की, परवल की, पनीर की, जबकि करीब करीब हर सब्जी में आलू पड़ा जरूर होगा। यानी आलू सब्जी में जरूरी तो है पर किसी गिनती में नहीं आता। आम आदमी भी समाज के लिए जरूरी तो है पर किसी गिनती में नहीं आता।

खाली समय में क्या करते हैं?

अकसर तो आम आदमी खाली वक्त रह ही कहाँ पाता है दाल रोटी के जुगाड़ से। फिर भी छठे छमासे अगर खाली हो ही गया तो घर पर बीवी के ताने सुनता हूँ, विविध भारती के प्रोग्राम की तरह। बच्चों के आपस के झगड़े सुलझाने की कोशिश में सबको पीट पाट देता हूँ। कुल मिलकर मेरी यही दुआ है कि आम आदमी खाली वक्त नहीं पाए तो ज्यादा अच्छा है।

भविष्य की क्या योजनाएं हैं?

अगर डेंगू की महामारी से बच गया, चिकनगुनिया का शिकार न हुआ और सड़क पर किसी बदमस्त ट्रक की चपेट में ना आ गया तो दाल रोटी की जुगाड़ में अनवरत लगा रहूँगा। थोड़ा पैसा एक्स्ट्रा हुआ तो एक जीवन बीमा कराना है। साथ ही दाएँ बाएँ से हाउसिंग लोन का जुगाड़ भी करना है। बुढ़ापे में सहारा तो चाहिए ही। चाहे आम हो या खास। कुल मिलाकर जिंदा रहने के लिए जितने सारे प्रयत्न हो सकते हैं सब मेरी योजनाओं में शामिल हैं।

मेरे मन में खुद से सवाल तो और बहुत थे पर अब मेरा जी कुछ भरा भरा सा लग रहा है। ऐसा लग ही नहीं रहा था कि खुद से बात कर रहा हूँ। मेरे अंदर ऐसा आदमी है जिसे मैं ठीक से पहचानता तक नहीं। सो मैंने जल्दी से बत्ती बुझाई, खुद को साक्षात्कार करने/देने के लिए धन्यवाद दिया और सो गया।

(विशेष–कृपया इसे स्वयं लेखक का साक्षात्कार न समझ कर आम आदमी की परिस्थितियों के ऊपर एक व्यंग्य की तरह पढ़ा जाए– लेखक)

श्श्श... ऑफिस के भी कान होते हैं

मैं सच कह रहा हूँ, आजकल आदमी लोग भी कितने असंवेदनशील हो गए हैं और लापरवाह तो और भी ज्यादा। जरा सोचिए, ऑफिस में आते हैं, काम करते हैं (काम तो खैर क्या खाक करते हैं?) और काम से भी ज्यादा अकाम करते हैं और सोचते हैं कि उनकी इन हरकतों पर किसी की नजर तो रहती ही नहीं। सोचते ही नहीं कि ऊपर खुदा की निगाह में वो हों न हों, खुद ऑफिस तो उन पे चौबीसों घंटे निगाह लगाए रहता है। जी हाँ, चौंक गए ना आप? अब आप पूछेंगे कि मुझे कैसे पता? अरे भाई, मैं खुद ऑफिस हूँ, मुझसे बेहतर भला मेरे यहाँ काम करने वालों को कौन जान पाएगा? तो लीजिए, पेश करता हूँ मैं अपने यहाँ काम करने वालों की एक बानगी। अब यह आप के ऊपर है कि आप इसे "भारत की खोज" की तरह "ऑफिस खोज" कह लें या फिर "सत्य के साथ मेरे प्रयोग" की तरह "लोगों के साथ ऑफिस के प्रयोग" कह लें।

अब आप केशव जी को ही ले लीजिए। मुझमें ही यानी इसी ऑफिस में काम करते जिंदगी गुजार दी। स्टेनो से भर्ती हुए और ऑफिस सुपरिंटेंडेंट से असिस्टेंट मैनेजर से होते हुए मैनेजर के पद पर आजकल विराजमान हैं। पहले साहबों से डिक्टेशन लेते थे, मन ही मन हजार गालियाँ देते हुए टाइप करते थे और फिर धड़कते दिल से टाइप किया कागज साहब की तरफ बढ़ाते थे कि अब इस बार

इसमें कोई टाइप की गलती न निकले तो अच्छा वरना पूरी मेहनत बेकार (अब उन दिनों आजकल की तरह कोई कंप्यूटर तो थे नहीं कि बस कट–पेस्ट किया और हो गया)। एक वो दिन था और एक आज का दिन है जब खुद डिक्टेशन देते हैं और बार बार गलतियाँ निकाल कर जैसे अपने पुराने दिनों का हिसाब चुकता करना चाहते हैं मगर अफसोस कि उनकी यह चाहत भी पूरी नहीं हो पाती। इधर वो गलती निकालते हैं और इधर स्टेनो कंप्यूटर से गलती सुधार कर कागज सामने बढ़ा देता है। मन मार कर साइन कर देते हैं मगर फिर भी भड़ास निकालना नहीं भूलते कि "अगली बार से एक बार में ही सही सही टाइप करके लाया करो, बेवजह टाइम खराब न किया करो"।

अरे हाँ, टाइम की बात से याद आया कि आदमी का टाइम हर समय एक जैसा नहीं रहता। अब सरिता जी को ही ले लीजिए। अभी कोई ज्यादा टाइम थोड़े हुआ उन्हें इस जगह काम करते हुए। अरे, हुए होंगे यही कोई पंद्रह–बीस साल। एक वो भी टाइम था जब बन ठन के महकती हुईं ऑफिस में आती थीं तो पूरा ऑफिस जैसे कदमों में बिछ ही तो जाता था। शायद ही बंदी कभी ग्यारह के पहले आई हो और चार के बाद रूकी हो मगर मैंने बताया न, टाइम कोई हमेशा एक जैसा थोड़े रहता है। अब उनके जैसी कई नैन सरिताएं यहाँ आ गईं जो उनसे ज्यादा बन ठन के आती हैं और काम भर का काम भी कर लेती हैं। अब ऐसे में सरिता जी धीरे–धीरे आउट ऑफ पिक्चर होने लगीं तो इसमें टाइम के अलावा किसका कसूर कहा जाए? अब शायद ही कोई दिन हो जब सरिता जी को झाड़ न पडती हो। नए नए आए बॉस रोज चिल्लाते हैं "एक भी काम आप ठीक से नहीं कर सकतीं"। अब भला उन्हें कौन समझाये कि सरिता जी ने जीवन में कभी कोई काम किया हो तब तो वो काम ठीक से कर पाएँ।

एक और कैरेक्टर हैं मेहता जी। पूरा नाम जीवनलाल मेहता। मगर शायद ही कभी किसी ने उनका पूरा नाम लिया हो क्या चपरासी और क्या साहब? मेहता जी सब के लिए मेहताजी ही हैं। काम वैसे तो कुछ बहुत बड़ा नहीं पर है बहुत महत्वपूर्ण। अरे भाई, वह एकाउंट सेक्शन में हैं और सबकी तनखाहें बनाने का काम करते

हैं। अब आप समझ ही गए होंगे कि किस टाइप के प्राणी होंगे मेहता जी!!! कोई आदमी ऑफिस में नहीं होगा जिसका काम मेहता जी से न पड़ा होगा और जिसका नहीं पड़ा उसको मेहता जी ने पड़वा दिया। अरे, किसी का इंक्रीमेंट गलत लगा दिया, किसी की तनख़ाह गलत लगा दी, किसी का मेडिकल बिल लटका दिया, किसी की छुट्टी स्वीकृति गायब कर दी और बस, अब वो मेहता जी के आगे पीछे, "मेहता जी जरा देख लीजिएगा", "मेहता जी जरा देख लीजिएगा" की रट लगाए वह परेशान और मेहता जी मन ही मन मुस्कुराते हैं कि "हाँ, हाँ और हमारा काम ही क्या है? देखने के लिए ही तो यह सारा प्रपंच रचा है"।

एक हैं शालिनी मैडम। उनकी अलग ही परेशानियाँ हैं। काम से ज्यादा वो इस बात से परेशान रहती हैं कि उनका केबिन सबसे ज्यादा हैंडसम और स्मार्ट होना चाहिए। टेबल पर फाइलें करीने से लगी हों, चाय पीने की क्राकरी एक दम बिंदास हो, बेल बजाते ही सामने प्यून खड़ा दिखना चाहिए और अगर किसी और के केबिन में अगर उनसे उम्दा फर्नीचर उन्होंने देख लिया तो उन्हें लगता है कि जैसे उनका वो दिन ही खराब हो गया। तत्काल सिस्टम को लानतें–मलानतें भेजना शुरू करती हैं कि किसी को जैसे उनकी सीनियारिटी का ख़याल ही नहीं!! अगर किसी वजह से उनके यहाँ से कोई एक चेयर उठा ले गया तो उनका काम में तब तक मन नहीं लगता जब तक कि वो चेयर उनके केबिन में वापस आ नहीं जाती। अलमारी में लगी किताबों को वो भले छूएँ ना मगर अगर किसी ने थोड़ी देर के लिए माँग लिया तो उनका कलेजा लरज़ सा जाता है, मरे हुए स्वर में कहेंगी "दे तो रहीं हूँ मगर जल्दी लौटा दीजिएगा बहुत जरूरत पड़ती रहती है।"

अब देखिए, मैंने ऑफिस हो कर जब इतना कुछ देख लिया तो आप तो इंसान हैं इससे कई गुना ज्यादा नमूनों को अपने आस पास पाते होंगें।

वो अब आदमी नहीं रहे, अफसर हो गए हैं

यह कहानी एक बड़े ही बिचारे टाईप के शख्स की है। वह मजाक–मजाक में मरहूम हो गए। वैसे वो पूरी तरह मरे नहीं, बाकायदा जिंदा हैं, चलते फिरते हैं, लोगों का खाना खराब किए रहते हैं। मरहूम सिर्फ इसलिए हैं क्योंकि अब वह आदमी नहीं रहे, अफसर हो गए हैं। इसमें वैसे उनकी भी कोई गलती नहीं। वह हमेशा से ऐसे ही सुनते, समझते और देखते चले आए हैं कि अफसर सामान्य आदमियों से कुछ विशिष्ट होता है। उसके चलने, बोलने, उठने–बैठने का ढंग बिल्कुल ही अलग होता है। उसके हर काम में एक शाइस्तगी होती है, चाल ढाल से दूर से ही मालूम हो जाता है कि कोई अफसर आ रहा है। आप जानते ही हैं कि आजकल गली–गली में अफसर बनाने के लिए कोचिंग इंस्टीट्यूट खुले हुए हैं और सौभाग्य या दुर्भाग्य से ये सभी इंस्टीट्यूट ओ०एल०क्यू० यानी ऑफिसर लाईक क्वालिटी की जो लिस्ट बताते हैं, उनमें आदमी होने का कोई जिक्र होता ही नहीं। आदमियत जरूरी है अफसर बनने के लिए, यह बात कहीं बताई ही नहीं जाती तो वह क्या करें? तो जब से वह अफसर बने उन्होंने आदमियत को तिलांजलि दे दी तो क्या बुरा किया?

अब यह बात जब आ ही गई है कि वह आदमी नहीं रहे तो यह सवाल उठना लाजिमी है कि आखिर यह पता कैसे चला कि वह अब आदमी नहीं रहे? लो, इसका भी कोई सबूत देना पड़ेगा। यह तो उसी दिन तय हो गया जिस दिन वो अफसर बने। उसी दिन से वह आदमियों को आदमियों की नजर से देखते ही नहीं। वह ये देखते हैं कि उनके सामने वाला क्या है? कौन है? वो उसी के हिसाब से व्यवहार करते हैं। अगर सामने वाला उनसे रैंक में नीचे हुआ तो उनका व्यवहार बिल्कुल अलग होता है और अगर सामने वाला उनसे रैंक में ऊपर हुआ तो उनका व्यवहार बिल्कुल अलग होता है। बल्कि आप उनका व्यवहार देख कर सामने वाले की जात–औकात बता सकते हैं। अगर आप उन्हें तेज आवाज में बात करते सुनें, उनकी बुलंद आवाज अगर पूरे ऑफिस को गुंजायमान कर रही हो, या वह यह कहते हुए पाये जाएँ कि–"मैं कुछ नहीं सुनना चाहता, तुम सब निकम्मे और कामचोर हो, बेईमानी तुम्हारी नस–नस में बस गई है" या आप सुनें कि–"मैं तुम्हारी कोई मदद नहीं कर सकता क्योंकि तुम ऑफिस लेट आए हो और ऑफिस का टाइम ख़त्म हो गया है या तुम फलाँ–फलाँ कागज ले के कल आना तो तुम्हारा काम हो जाएगा" तो आप समझ लीजिए कि वह या तो अपने स्टाफ पर अपनी अफ़सरी झाड़ रहे हैं या फिर कोई मुसीबत का मारा उनके पास किसी काम से गया है। अब स्टाफ उन्हें लाख समझाने की कोशिश करे कि यह काम इतने कम समय में करके देना सम्भव नहीं है या वह मुसीबत का मारा उन्हें अपनी मजबूरी समझाने की कोशिश करे कि आप किसी तरह काम करा दीजिये, मैं कागज कल लेते आऊँगा तो उनकी दहाड़ गूंजेगी कि– "मैं कुछ नहीं जानता, मैंने जो कह दिया सो कह दिया"। अब बात भी सही है कि वह कोई आदमी तो हैं नहीं जो आदमी की मजबूरी समझने की कोशिश करें। वह तो भाई अफसर हैं और अफसर कोई मजबूरी थोड़े समझ सकता है, वह तो ऑफिस के नियम–कानूनों से बंधा हुआ है।

वहीं अगर आप उन्हें किसी से बात करते सुनें कि– "यस सर! जी सर! हाँ सर! बस सर, अभी हो जाएगा सर! नहीं सर,

आपने आदेश दे दिया सर, बस काम हो गया समझिए! और सर, भाभी जी कैसी हैं? मेरा प्रणाम कहिएगा सर! मैं किसी दिन भाभीजी का आशीर्वाद लेने आता हूँ सर! सब आपकी कृपा है सर!'' तो समझ लीजिए कि वो किसी बड़े अफसर से मुखातिब हैं। बड़े अफसरों के काम के लिए उनके मुँह से कुछ "ना" निकलता ही नहीं, नियम–कानूनों को उसी हिसाब से तोड़–मरोड़ लिया जाएगा। हाँ, वह अगर आम आदमी का काम होता तो जरूर नियम–कानूनों की दुहाई देकर पीछा छुड़ाए जाने की वह कोशिश करते। अगर सब कुछ नियमों के दायरे में हो और नियम–कानूनों की दुहाई से भी काम ना बने तो काम ना करने का एक और भी बहाना सदा मौजूद है उनके पास। "आप कल आइयेगा क्योंकि संबंधित स्टाफ तो आज छुट्टी पर है"। अब लो, सामने वाले को कैसे पता चलेगा कि कौन सा स्टाफ क्या काम करता है? उसे तो मजबूरी में साहब की बात माननी ही पड़ेगी कि हो सकता है कि स्टाफ सही में आज छुट्टी पर हो।

उनके आदमी से अफसर में बदलने का एक और सबूत है। वह हर जगह अपनी इंटाइटलमेंट की बात करते दिख जायेंगे। यानी उनके रैंक के अफसर के लिए क्या–क्या सुविधाएँ मिलनी चाहिए? क्या–क्या व्यवस्था होनी चाहिए? ये सब उनकी जुबान पर रटा रहता है। अगर कहीं उन्हें कोई बढ़िया व्यवस्था भी मिली जो अच्छी–खासी आरामदेह है, वहाँ आनंद लिया जा सकता है मगर वो उनके इंटाइटलमेंट के हिसाब से नहीं है या थोड़ी सी कम है तो उनके लिए वो बेकार है। खुद तो मजा लेंगे नहीं, औरों को भी नहीं लेने देंगे। अपने भी मन ही मन कुढ़ते रहेंगे और औरों का भी जीना हराम किए रहेंगे। यही नहीं वह जगह–जगह यह बताने के लिए कि वो सिर्फ आदमी नहीं, कुछ विशिष्ट हो गए हैं, पूछते रहते हैं/बताते रहते हैं कि– "तुम जानते नहीं हो कि मैं कौन हूँ"? या "जरा होश संभाल के बात करो, अभी मैं तुम्हारा यह करा दूँगा, तुम्हारा वो करा दूँगा..." वगैरह–वगैरह और अगर आप पता करें कि जहाँ वह इतने गरज–भड़क के अपना परिचय बता कर डराने की कोशिश

कर रहे हैं, वहाँ यह सब बताने की कोई जरूरत ही नहीं रहती। वो इतना मामूली सा काम होगा कि वो तो बिना परिचय बताए भी वैसे ही हो जाता।

मजा देखिए कि यह अफ़सरी उनके व्यवहार का चूंकि अंग बन चुकी होती है इसलिए वह घर में भी साहब ही बन जाते है। वह घर में बच्चों के पापा, बीवी के दोस्त की हैसियत से व्यवहार करना ही भूल जाते हैं क्योंकि रिश्ते तो आदमी लोग बनाते हैं, अफसर के लिए ये सब बातें किस काम की? बच्चे उन्हें प्यार नहीं करते, उनसे डरते हैं; जैसे ऑफिस में उनके सबआर्डिनेट उनसे डरते हैं और मजा देखिए अपने इस डराऊ व्यक्तित्व की वो डींग हाँकने से भी बाज नहीं आते "मजाल है जो कोई घर में चूँ भी कर दे मेरे होने पर" और उन्हें पता ही नहीं चलता कि उनके घर में न होने पर क्या–क्या होता है और क्या–क्या नहीं होता? मगर उन्हें इससे फर्क ही क्या पड़ता है, संवेदनाओं की कदर तो इंसान लोग किया करते हैं और वो तो आदमी रहे ही नहीं, अफसर हो गए हैं।

आओ गुरु, एक चाय हो जाए

लक्ष्मी चौराहा, कर्नलगंज चौराहा, यूनिवर्सिटी रोड, लेबर चौराहा, रामबाग डॉट का पुल, तेलियरगंज और गोविंदपुर के विभिन्न इलाक़े, अल्लापुर, मुठ्ठीगंज, कीड्गंज में सड़क के किनारे...। बड़ा बघाड़ा, छोटा बघाड़ा, चाँदपुर सलोरी, बाई का बाग़, सोहबतिया बाग आदि। आप सोचेंगे कि आज मुझे क्या हो गया है और क्यूँ मैं इलाहाबाद के इन छात्र–बहुल नाम के इलाक़ों के नाम गिना रहा हूँ। दरअसल इन सब जगहों पर शाम को पाँच से सात–साढ़े सात बजे का मंजर एक ही जैसा होता है। विभिन्न चाय की दुकानों पर जहाँ कुछ खाने पीने को जैसे मठरी, समोसा, ब्रेड पकौड़ा, बंद मक्खन,ब्रेड आमलेट आदि भी मिल जाता है। विभिन्न आयु वर्ग (कमोबेश सोलह बरस से चालीस बरस की आयु तक (वस्तुतः इलाहाबाद में इस पुरानी कहावत का बखूबी पालन होता है कि सीखने की कोई उम्र नहीं होती) के छात्र आपस में बात करते, यहाँ–वहाँ निगाहें फेरते मिल जाते हैं। बहाना वही एक ही होता है– आओ गुरु, एक चाय हो जाए।

इन्हीं चौराहों पर इलाहाबादी प्रतियोगी छात्रों के बीच फ़ेमस अफवाहों का भी जन्म होता है। किसी चौराहे पर चाय पीते हुए धीरे से कोई बात कह दीजिए तो थोड़ी देर होते–होते यह बात पूरे प्रतियोगी समाज का हिस्सा हो जाती है। कुछ देर बाद जिसने यह अफवाह उड़ाई होती है उसको भी कोई यह बात सुनाता हुआ पाया

जाता है कि–"अमे सुनै कुछ...." और अफवाह उड़ाने वाला मन ही मन मुसकुराता है कि सही है, तीर बिल्कुल निशाने पर लगा है। तीन चार दिनों के बाद जब तक यह अफवाह शांत हो, दूसरी अफवाह जोर पकड़ लेती है। अक्सर रिजल्ट, लोक सेवा आयोग के सदस्यों की नियुक्ति/रिटायरमेंट, परीक्षाओं की तिथि परिवर्तन से संबंधित अफवाहों का ज़ोर रहता है। एक अफवाह बहुत प्रचलित है यू०पी०पी०सी०एस० का टापर घोषित करने की। जैसे ही यू०पी०पी०सी०एस० का फाइनल रिजल्ट आने वाला रहता है, एक नाम धीरे से हवा में उछल जाता है कि फलाने टॉप करने वाले हैं और धीरे धीरे इलाहाबाद के बच्चे बच्चे की जुबान पर वो नाम पाया जाने लगता है। मजे की बात है कि अकसर यह बात सच भी हो जाती है। आजकल तो मैंने यह भी सुना है कि जबसे इलाहाबादी छात्रों ने दिल्ली का रूख़ करके मुखर्जी नगर को अपना ठिकाना बनाना शुरू किया है तब से मुखर्जी नगर का 'बत्रा' चौराहा इलाहाबाद के लक्ष्मी चौराहे की तरह हो गया है और आई०ए०एस० के टापर की भी खबरें उड़ने लगीं हैं। यह अलग बात है कि अभी उन अफवाहों में उतनी सत्यता नहीं पायी जा रही है और अकसर ये अफवाहें समय से पहले दम तोड़ जाती हैं। भाई, अभी अफवाह उड़ाने में दिल्ली वालों को बहुत कुछ सीखना होगा इलाहाबाद वालों से।

लक्ष्मी चौराहे पर युनूस, जुब्बी आदि चाय स्टॉल वाले तो जैसे छात्रों की जिंदगी का हिस्सा ही हो गए हैं। शाम के वक्त यदि आपको कोई छात्र अपने कमरे में ना दिखे तो हो ना हो इन्हीं चाय की दुकानों पर सांस्कृतिक आदान–प्रदान कर रहा होगा। कई बार तो चाय वाले ही आपको बता देंगे कि– "नहीं भैया, फलाने तो कई दिन से नहीं आए, लगता है घर गए हैं", यानी कि टी स्टाल मतलब 'संपूर्ण छात्र सूचना केंद्र'। कई सफल प्रतियोगी छात्र जो आई०ए०एस० या पी० सी०एस० में सेलेक्ट होकर बाहर चले जाते हैं, जब भी शहर आते हैं, जरूर इन चाय की दुकानों पर पुरानी यादें ताजा करने आते हैं,

और फिर होती हैं चाय के बहाने ढेर सारी बातें। यानी कि एक गरम चाय की प्याली हो।

वस्तुतः चाय पीने पिलाने का एक और भी कारण मेरी समझ में आता है। अब मान लीजिए कि आप कमरे में बैठे पढ़ रहे हैं और आप के कोई मित्र महोदय आ गए। अब आप उन्हें बिल्कुल यूँ ही विदा तो कर नहीं देंगे। थोड़ी देर यहाँ–वहाँ का हाल चाल होगा और हँसी मजाक होगा मगर वो टलते हुए नहीं दिखाई पड़ते तो ऐसे में आप के पास चारा क्या है उनको अपने यहाँ से कटाने का। यही कि – "आओ गुरु, एक चाय हो जाए"। धीरे से उन्हें कमरे से बाहर ले जाइए, चाय पीजिए–पिलाइए और वहीं से हाथ मिला के धीरे से विदा कर दीजिये। हो गई फुर्सत। मगर रूकिए, जरा सोचिए ऐसा हादसा कहीं आपके साथ भी तो नहीं हुआ है कि "आओ गुरु, एक चाय हो जाए" के बहाने आपको भी ऐसे ही रूसवा किया गया हो। खैर, अगर याद आ जाए तो इसका ढिंढोरा पीटने की जरूरत नहीं है, कभी कभी पड़ ही जाती है मियाँ की जूती मियाँ के सर।

अब वो पहले वाली बात कहाँ ?

मेरे एक मित्र हैं, नाम लेना तो ठीक नहीं रहेगा मगर हाँ, कथा कहानी आगे बढ़ाने के लिए कोई नाम तो रहना ही चाहिए वरना कथा का रस जाता रहता है। अब जगह जगह उन्हें मिस्टर एक्स या मिस्टर वाई कह के पुकारूँ तो एक तो अच्छा नहीं लगेगा और दूसरे कथा के प्रवाह में भी कमी आएगी। ऐसे में रख ही लेते हैं नाम....मसलन राम किशोर उर्फ "आर० के०"। यह ठीक रहेगा क्योंकि अब जगह–जगह हम संकेत से काम लेने की जगह सीधे नाम पर आ जायेंगे और समझने वालों को भी परेशानी नहीं होगी...तो भूमिका बहुत हुई अब मूल बात पर जल्दी से आते हैं, नहीं तो पाठक का "भेजा फ्राई" हो जाएगा। "भेजा फ्राई"–आप जानते ही हैं बिल्कुल पकाऊ पिक्चर है, मगर कुछ भी कहो, पकाने में भी एक अलग ही मजा है और हर कोई थोड़े इतना बढ़िया से पका सकता है कि लोग पैसा खर्चा कर के जाएँ और पकें, मगर देखिए, फिल्म बढ़िया बनी हो तो लोग पकने को भी तैयार हो जाते हैं, और अब तो सुन रहे हैं कि भेजा फ्राई–2 भी आ गई है फिर से पकाने के लिए। देखिए, आखिर फिल्म में दम ना होता तो पार्ट–2 कैसे आ जाती? इतिहास गवाह रहा है कि हमेशा हिट फिल्मों का ही पार्ट–2 बनता आया है। गोलमाल के बाद गोलमाल–2 और यहाँ तक कि गोलमाल–3, धूम के बाद धूम–2, नगीना के बाद निगाहें, मुन्नाभाई एम०बी०बी०एस०

के बाद लगे रहो मुन्नाभाई और जाने क्या क्या...? मगर ये बात कहाँ से कहाँ तक आ पहुँची? कहीं मैं भी पकाने तो नहीं लगा? तौबा! तौबा!! मैं भी ना...!!!

चलो, तो यह राम किशोर जी थे बहुत बढ़िया आदमी अब मैं "थे" कह रहा हूँ तो यह मत समझिए कि बिल्कुल गुजर ही गए! अरे, मतलब सिर्फ इतना है कि जब राम किशोर जी हमारे मित्र थे, यह तब की बात है यानी थोड़ी पुरानी। मामला यह है कि इन राम किशोर जी की नौकरी लग गयी, एक कमाऊ विभाग में। अब यह मत पूछिएगा कि कमाऊ विभाग से हमारा आशय क्या है? या आप को कैसे पता कि कमाऊ विभाग कौन–कौन से हैं? अरे, जब अंग्रेजों के समय में भी कमाऊ विभाग हुआ करते थे और सबको इसका पता था तो फिर? अच्छा, लगता है आपने वो प्रेमचंद की कहानी पढ़ी ही नहीं, अरे वही "नमक का दरोगा" याद करिए कि मुंशी वंशीधर को उनके पिताजी क्या समझाते हैं– "वेतन मनुष्य देता है, इसी से उसमें वृद्धि नहीं होती। ऊपरी आमदनी ईश्वर देता है, इसी से उसकी बरकत होती हैं।" अब आप समझ गए होंगे कि कमाऊ विभाग का मतलब क्या है? जहाँ स्वयं ईश्वर वेतन देता है डायरेक्ट, वही विभाग कमाऊ कहलाता है, इति सिद्धम!! और मजे की बात यह कि हमारे रामकिशोर जी को यह बात उनके पिताजी द्वारा समझानी भी नहीं पड़ी क्योंकि यह तो अब समाज में अपने आप ही दिखाई पड़ता है कि हजारों में वेतन पाने वाला कैसे महले -दुमहले खड़ा कर रहा है? ये बिना ऊपरी कमाई के क्या संभव है? अब जिनपे ईश्वर मेहरबान हैं वही कमाऊ विभागों में पोस्टिंग पा सकते हैं भैया! सबकी ऐसी किस्मत कहाँ?

ऐसे में जब राम किशोरजी की पोस्टिंग हुई उस कमाऊ विभाग में और उन्होंने दिल खोल कर 2–3 साल नौकरी कर ली तो हमने सोचा कि चलो, अपने पुराने यार दोस्त का जरा हाल चाल लिया जाए। देखा जाए कि क्या माहौल–पानी है श्री श्री 1008 श्री राम

किशोर जी के? अब आर० के० भाई मिले तो दिल खोल के मगर हाल चाल पूछते ही शुरू हो गए कि "कुछ मत पूछो भैया, बुरे हाल हैं। अब वो पहले वाली बात कहाँ? बस किसी तरह दाल रोटी चल जाती है, समझो।" मैंने कहा–"मगर यार, सारी दुनिया में तो यह बात फैली है कि तुम्हारा विभाग बड़ा ही कमाऊ है"। "सही कह रहे हो भैया", आर०के० ने दुखड़ा गाना शुरू किया–"मुफ्त में बदनाम है भैया! सब पूर्वजों का किया धरा ढो रहे हैं...मजा उन लोगों ने लिया और हम मुफ्त में बदनाम हैं। पहले की बात ही कुछ और थी जब विभाग का चपरासी भी बाजार में निकल जाता था तो लोगों में खुसुर–पुसुर शुरू हो जाती थी। सब मिज़ाजपुरसी में लग जाते थे। इंस्पेक्टर के निकलने पे तो मार्केट ही बंद हो जाता था। नए साहब के आने पर लोग उनका हाव भाव समझने की कोशिश करते थे कि साहब कैसे हैं? लेते देते हैं कि नहीं? लेते हैं तो कितना लेते हैं? कैसे लेते हैं? कैश में बिलीव ज्यादा करते हैं या काइंड में? होली दीवाली पे, घर पे लाइन लग जाती थी; सर उठाने की फुर्सत ही नहीं होती थी...रिश्तेदार तो रिश्तेदार, मुहल्ले वाले भी मिठाई खाने आ जाते थे, क्या मजाल कि गर्मी के दिन आएँ और आमों की टोकरियों से घर ना भर जाए...समझ में नहीं आता था कि इतने आमों का करना क्या है? मजाल है जो हमारे पूर्वजों ने एक भी दिन सब्जियाँ खरीदी हों, घर पहुँचो नहीं कि ताजी सब्जियाँ हाजिर! कितना खाते? नौकरों और काम करने वालों की मौज रहती थी आदि आदि अब तो मगर सब जमाना ही बदल गया...सब सपना हो गया। एक तो पंचायती राज ने छुटभैये नेताओं की फौज हाजिर कर दी गली गली में एक नेता हाजिर जरा भी उल्टा सीधा हुआ कि पहुँच गए नेतागिरी करने जिंदाबाद–मुर्दाबाद हाजिर आखिर नेतागिरी चमकाने का इससे बढ़िया जरिया क्या हो सकता है? दूसरे, हर आदमी अब पढ़ लिख के समझदार हो गया है। (आर०के० ने बात कुछ ऐसे अंदाज में कही कि जैसे देश में चले इस साक्षरता और जागरूकता अभियान से बहुत खफा हो), बात बात पर लोग नियम–कानून बतियाने लगते

हैं। रही सही कसर आर०टी०आई० ने पूरी कर दी...कमाईए, अब कैसे कमाएंगे? कोई माई का लाल ही ऐसे में क्रमाने की सोच सकता है"। आर० के० भाई की दुखभरी गाथा सुन मुझसे रहा न गया, पूछ ही लिया–"मतलब अब कोई ऊपरी कमाई नहीं? तनख़ाह के अलावा क्या एक्स्ट्रा कुछ भी नहीं मिलता–मिलाता?" आर० के० भाई के चेहरे पे अब हल्की मुस्कान आयी–"नहीं, इतनी भी बुरी हालत नहीं है। खर्चा पानी तो चल ही जाता है। अरे, मरा हाथी भी सवा लाख का होता है, मेरे भाई। अब देखो, सब लोग तो एक तरह के होते नहीं, कुछ लोग हैं अब भी दुनिया में जो नियम कायदे से चलते हैं। उन्हें ऑफिस का दस्तूर पता है। उन्हें पता है कि ये आर० टी० आई०, ये छुटभैये नेताजी लोग, ये सब तो आते जाते रहेंगे मगर ऑफिस यहीं रहेगा। इसके दस्तूर यहीं रहेंगे। अरे, उनका रोज का काम पड़ना है,कहाँ तक भागेंगे? कहीं न कहीं तो पकड़ में आ ही जायेंगे। लिहाजा बंधा–बँधाया जो रेट है, दे जाते हैं। सच पूछिये तो दुनिया में ऐसे ही लोगों की वजह से ईमानदारी बची है। बल्कि यह कहो कि ऐसे लोगों की वजह से ही दुनिया चल रही है, वरना तो लोग आते हैं, आर०टी०आई० की एप्लीकेशन देते हैं, मूँछ पे ताव देते हैं और काम निकाल ले जाते हैं दुआ सलाम भी नहीं करते। साला, शराफत का तो जमाना ही नहीं बचा। मगर हाँ, यह रूटीन का व्यवहार भी बस व्यवहार ही समझो...वो न दें तो हम कुछ कर–करा थोड़े सकते हैं...अब पहले वाली बात थोड़े है कि किसी ने आपका हक आपको नहीं दिया तो आप पड़ गए लट्ठ ले के उसके पीछे....ना, भैया ना, वो उल्टे लट्ठ ले के पीछे पड़ जायेंगे कि आखिर काम अभी तक हुआ क्यूँ नहीं? अब देते फिरिए जवाब यहाँ से वहाँ तक.....अब यह मान लो कि कमाऊ विभागों में भी अब पहले वाली बात रही नहीं"। आर०के० भाई की लंबी चौड़ी इस तकरीर के बाद अब यह मानने के अलावा चारा ही क्या था कि हाँ, अब वो पहले वाली बात कहाँ?

कबिरा, इस संसार में भाँति-भाँति के लोग

हम अगर अपने आस पास के वातावरण पर ध्यान दें तो कई बार कुछ मनोरंजक किस्म के व्यक्ति नजर आते हैं जो कई बार तो हंसी जगाते हैं, कई बार गुस्सा दिलाते हैं और कई बार खीज। कई बार कुछ मिले–जुले भाव, बल्कि कई बार तो समझ में ही नहीं आता कि ऐसे आदमी से क्या कहा जाए और क्या किया जाये? तो आइये, आज कुछ ऐसे ही जाने–पहचाने चरित्रों की जाँच–पड़ताल करते हैं। एक तो सबसे प्रसिद्ध व्यक्तित्व है, झूठ बोलने वालों का। वैसे तो यह आदत हम सबमें थोड़ी–बहुत होती है, मगर कुछ लोग बेवजह और आदतन झूठ बोलते हैं। मसलन अगर आज उन्हें घर पर ही रहना है और आप फोन करेंगे तो बतायेंगे कि आज बहुत बिजी हैं, मिल नहीं पायेंगे। यहाँ जाना है, वहाँ जाना है आदि–आदि। ऐसा करने से उनका कोई मकसद हल नहीं होता मगर क्या करें– वो 'ए०एस०एम०' जो ठहरे यानि 'आदत से मजबूर'। इसी से मिलती–जुलती आदत डींग हाँकने वालों की है– "मैं यहाँ था तो मैंने वो तीर मारा, मैं वहाँ था तो मैंने उसका यह कर दिया"; "अरे, यह तो कुछ भी नहीं, मेरे पास तो इससे भी अच्छा वाला है" आदि–आदि टाइप की बकवास करते और अपना वीरगाथा काल सुनाते वक्त यदि कोई झूठ पकड़ा

गया तो ये नहीं करते कि सीधे–सीधे मान लें कि "हाँ, भई मैं तो हाँक रहा था" बल्कि लीपापोती चालू हो जाती है– "नहीं यार, तुम समझे नहीं, मैं तो यह कह रहा था कि....."आदि–आदि। यानि उनके कहने का कुल मतलब यह है कि बस सुनते जाओ, सारी दुनिया तो हमारी ही मुट्ठी में है।

एक दूसरा चरित्र है जो बिल्कुल आम की तरह आम है। यानि कि सोसाइटी में बहुतायत में पाया जाता है, खोजना नहीं पड़ता। 'एक ढूंढोगे, हजार मिल जायेंगे' की तर्ज पर। यह है चापलूसों का, दरबारियों का, थोड़ा निकृष्ट शब्दों में कहें तो मक्खन पालिश करने वालों का, यानि तेल लगाने वालों का (सॉरी भाई साहब! टेंशन नहीं लेने का! यह बात मैं कोई आपके लिए थोड़े कह रहा हूँ।) मजे की बात यह देखिये कि जो सबसे बड़े चापलूस हैं, जो एकदम अपना काम निकालने के लिए किसी भी हद तक जा सकते हैं; वही सबसे पहले और सबसे ज्यादा यह कहते हैं कि–"नहीं यार, मैं तो इतना नहीं गिर सकता, या मुझसे यह नहीं हो सकता"। अब सवाल यह है कि इसमें ज्यादा मनोरंजक चरित्र किसका है? उसका जो अपने बॉस का भजन "जय गणेश देवा– जय गणेश देवा" कहकर भजता रहता है या उसका जो स्वयं को गणेश ही समझ बैठता है और बॉस को ही दुनिया समझ कर उसकी परिक्रमा करता रहता है।

एक कैरेक्टर और है भई! आदमी भी है बिल्कुल मजेदार। यूँ आदमी ज्यादा बुरा नहीं, बस लड़की देखकर थोड़ा फिसल सा जाता है। आप देखते होंगे अपने आस–पास ऐसे बहुत से लोगों को जो यूँ तो बहुत कड़क माने जाते हैं, मातहतों को डंडा किये रहते हैं; मगर लड़की का चेहरा सामने आते ही भौंहें ढीली पड़ जाती हैं, बाँछे खिल जाती हैं। यूँ कोई बुरा ख़याल मन में नहीं होता, बस लड़की हंस के जरा 'दो बोल' बोल दे। फिर क्या उसके काम के लिये सारे नियम–कानूनों को तोड़ा मरोड़ा जा सकता है। आखिरकार आदम की हव्वा के आगे कब चल सकी है? अगला नमूना है– 'सौ–सौ

जूता खाये, तमाशा घुस के देखे' टाइप का। इसे इस बात से कोई फर्क ही नहीं पड़ता कि उसके साथ अतीत में कब क्या हुआ है? आगे क्या हो सकता है? या कोई गलती हुई तो उसे सुधार लिया जाए। ये इस तरह के लोग हैं जो नाक की सीध में चलते जाते हैं और अगर रास्ते में खंबे से टकरा गए तो खंबे पर गुस्सा करते हैं कि यह कैसे बीच रास्ते में आ गया? मैं तो सीधा ही चल रहा था। यही नहीं और भी इस तरीके के मनोरंजक लोग आपको अपने आस पास मिल जाएँगे। जरा निगाह तो डालिये या खुद आप भी इनमें से एक तो नहीं? हा...हा...।

क्रिकेटम् शरणम् गच्छामि

आखिर पब्लिक करे भी तो क्या करे? कहाँ जाए सुकून तलाशने? कुछ तो हो जो क्षणिक खुशी दे सके। ऐसे में हालिया चुनावों का मनोरंजक प्रहसन भी आखिरकार ख़त्म हो ही गया। राजकुमार–राजकुमारी के हनीमून पर जाने के बाद हॉलीवुड भी अकेला, थका और बोर हो गया है, इसीलिए हाल–फिलहाल कोई ढंग की फिल्म भी नहीं आ रही। बालीबुड भी गर्मियों की छुट्टियों में छुट्टियाँ मना रहा है। आई०पी०एल० में गेल के छक्के चौकों की बारिश भी खतम हो गयी। भूपति और पेस ने अहं की लड़ाई में अपने को चौपट कर ही लिया है। हाकी के बारे में अच्छी खबरें सुने भी जमाना हो गया। यही क्लियर नहीं है कि असली हाकी संघ है कौन सा? आखिर कोर्ट भी कब तक इंडियन हाकी टीम की घोषणा करती रहेगी? फेसबुक–फेसबुक भी करते करते मन भर सा गया है। ट्विटर ने कई लोगों की नौकरियाँ खा लीं, इसलिए उससे भी लोग बचते फिर रहे हैं। विश्वास न हो तो पूछ लीजिए आई०पी० एल० की चीयरलीडर से। मैं उसका जिक्र भी सिर्फ इसलिए कर रहा हूँ क्योंकि यह मामला नया ताजा है वरना कई मंत्री लोग भी ट्विटर में अपने हाथ होम कर चुके हैं। बचा "2जी" "3जी" और "स्पेक्ट्रम घोटाला" तो वो भी मसाला रहित हो गया है, असली कलाकार भाई लोग अंदर जेल में आराम जो फरमा रहे हैं। ऐसे में मसाला अगर कहीं है तो 'टीम इंडिया' में ही। यानी चाहे आप क्रिकेट की जितनी

अति की बात करें, टाईमपास के लिए फिर मजबूरी में क्रिकेट की तरफ लौटना ही पड़ेगा।

अब ऑफिस से घर लौट कर आखिर आप क्या करेंगे? चलिये, थोड़ा बहुत बच्चों से खेल लिया; थोड़ा बहुत अपने काउंटर पार्ट से बोल बतिया लिया (लोग बाग अब यह शिकायत भी करते पाये जाते हैं कि आखिर अपने पति या पत्नी से दस मिनट से ज्यादा क्या बात की जाए; कुछ समझ में ही नहीं आता। मजे की बात यह है कि यह हाल उन प्रेमी जोड़ों का भी है जो शादी से पहले घंटों फोन पर चिपके रहते थे); अब? अब क्या? अब आप अंत में बैठ जायेंगे टी०वी० खोल के। अब टी०वी० पर आप क्या देख सकते हैं? न्यूज!! कुल पाँच मिनट में दिन भर की खबरें आप के सामने होंगी, उसके बाद वो ख़बरों की जगह ख़बरों का पोस्टमार्टम दिखाते हैं। टी०वी० सीरियल देखने के लिए बहुत कलेजा चाहिए जो सामान्य कामकाजी आदमी में पाया जाना जरा मुश्किल ही है। अब ऐसे में आप्शन ही क्या है? क्रिकेट और उससे जुड़ी खबरें/तथाकथित विश्लेषण/क्रिकेटरों के प्रेम और अफेयर्स के चर्चे आदि सुनने के अलावा। अब देखिए ना, विश्वकप में जीत के बाद लगा कि चलो कुछ दिनों तक तो फुर्सत मिली क्रिकेट से। मगर कहाँ? एक हफ़्ता भी नहीं हुआ और आई०पी०एल०– आई०पी०एल० होने लगा। आप चिल्लाते रहिए कि क्रिकेट बहुत ज्यादा हो रहा है, मगर कौन सुनने वाला है?

क्रिकेट बोर्ड भी परेशान है। भस्मासुर की तरह आई०पी०एल० खड़ा तो कर दिया मगर इसमें मिलने वाले पैसे ने तबाही मचा दी है। करो ज्यादा मजबूर, मलिंगा ने टेस्ट क्रिकेट से सन्यास ही ले लिया। न खिलाओ गेल को नेशनल टीम में, आई०पी०एल० तो है ही। धोनी, सचिन, जहीर को भी आराम चाहिए मगर आई०पी०एल० खेलने के बाद ही। गंभीर की बीमारी गंभीर है मगर वेस्टइंडीज दौरे के लिहाज से ही, आई०पी०एल० में तो काम चल ही जाएगा। सोचो जरा, कभी टीम इंडिया की कप्तानी पाने के लिए मार हुआ करती

थी मगर अब हालत यह है कि खिलाड़ियों को अब वो भी आकर्षित नहीं करती।

अभी महीना भी नहीं बीता होगा कि पता चलेगा कि फलाने क्रिकेट खिलाड़ी को एक लड़की ने एयरपोर्ट पर चूम ही लिया। (लड़कियाँ भी क्या करें कोई और ऑप्शन भी तो नहीं है प्यार करने के लिए। सहपाठी बेवफा निकल जाते हैं, सहकर्मी बटुए पर नजर रखते हैं, और प्यार अरेंज्ड मैरिज के बाद हुआ तो वो एडवेंचर कहाँ?) खैर, ऐसे में क्रिकेट का सारा जनाजा निकालने के बाद भी जिंदगी पटरी पर धीरे–धीरे लौट ही आती है। न्यूज़ चैनल सहवाग के कंधे को बार–बार दिखाकर अंतर्राष्ट्रीय आपदा घोषित करने पर आमादा हैं। चर्चाएँ चालू रहेंगी कि ईडन गार्डन ने ऐसे अभ्यास किया, टीम इंडिया ने, वैसे अभ्यास किया आदि–आदि। कोई सवाल उठा रहा है कि आखिर किसी भारतीय को क्यूँ नहीं क्रिकेट टीम का कोच बनाया जाता, आदि आदि। फिर वेस्ट इंडीज दौरे और इंग्लैंड दौरे की गहमागहमी शुरू हो जाएगी और आ जायेंगे स्वयंभू विश्लेषणकर्ता विभिन्न खबरिया चौनलों पर। यानी कुल मिला कर अंत में क्रिकेट में ही आम इंसान की सद्गति दिखाई पड़ती है और आम आदमी यह कहने के लिए मजबूर है कि 'क्रिकेटम् शरणम् गच्छामि' ।

कौन खुलकर हँसता है हमारे देश में?

हमेशा प्रतिवर्ष आते रहते हैं देश के सबसे बड़े पर्व यानी कि स्वतंत्रता दिवस या गणतन्त्र दिवस। हर बार होती है राष्ट्रधुन पर कदमताल, ढेरों परेड, ढेरों झांकियाँ और लेते हैं हम सभी बड़े–बड़े संकल्प। फिर क्या? टीवी पर गणतन्त्र दिवस की परेड देखने के बाद कुछ देर तक जोश और उत्साह बना रहता है जो शाम होते होते बदल जाता है दाल रोटी की जुगाड़ में।

जरा महसूस कीजिए तो इस गणतन्त्र के भी अलग–अलग लोगों के लिए अलग–अलग मायने हैं, अलग–अलग वर्गों के लिए अलग–अलग प्रभाव। हर किसी के लिए जिंदगी अलग अलग रंग लेकर सामने आती है तो जाहिर है कि यह गणतन्त्र दिवस छात्रों के लिए भी कुछ अलग सा ही मतलब रखता होगा। छात्रों से मेरा मतलब है वे छात्र, जो छात्र हैं भी और नहीं भी, क्योंकि ये वे छात्र हैं जो कहने के लिए यानी तकनीकी रूप से तो छात्र नहीं रहे मगर मजबूरी में छात्र बने रहना इनके लिए अनिवार्य है। मैं बात कर रहा हूँ प्रतियोगी छात्रों की; जो वैसे तो तमाम बड़ी बड़ी यूनीवर्सिटियों से बड़ी बड़ी डिगरियाँ लेकर निकल चुके हैं, लिहाजा तकनीकी रूप से अब वे छात्र नहीं रहे। मगर भारत वर्ष में कोई गुरुकुल सिस्टम तो

रहा नहीं कि गुरुजी ने शिष्य को आशीर्वाद दे दिया कि– "जाओ वत्स, तुम्हारी शिक्षा पूरी हुई, अब तुम गृहस्थाश्रम में प्रवेश करो"। अब तो गृहस्थाश्रम में प्रवेश से पूर्व एक अदद नौकरी अति आवश्यक है, ऐसे में मजबूरी में इन छात्रों को नौकरी पाने के लिए प्रतियोगी परीक्षाओं की तैयारी के लिए फिर से पढ़ना पड़ता है और ये बन जाते हैं प्रतियोगी छात्र। तो क्यों न इस गणतन्त्र दिवस के बहाने छात्रगणों के इस तंत्र की ही जरा खबर लें?

अब जब छात्र हैं तो जाहिर है उनका काम हुआ पढ़ना, पढ़कर कुछ गढ़ना, गढ़कर कुछ बनना। मगर अफसोस, बेचारे कायदे से कहाँ पढ़ पाते हैं? अभी पढ़ने का कुछ माहौल बनाते हैं तब तक कुछ ना कुछ ऐसा हो जाता है कि पढ़ाई का पूरा टैम्पो यानी कि पूरा रिद्म ही खराब हो जाता है। अब अखबारों की कतरनें और उनमें छपने वाली खबरें कैसे यह माहौल बिगाड़ देती हैं, देखिए एक बानगी–

सरकार एक फैसला करती है कि शिक्षामित्रों को नियमित किया जाएगा और अचानक बी०एड० प्रशिक्षित बेरोजगार छात्र धरने पर आ जाते हैं कि यह तो उनके पेट पर लात मारने जैसा है, उन्हें बेरोजगार रखने की साजिश है, वगैरह–वगैरह। शुरू होता है कोर्ट कचहरी का चक्कर। शिक्षामित्र जो कि खुद भी करीब करीब छात्र ही हैं, भी संगठित होने की कोशिश करने लगते हैं ताकि कोर्ट कचहरी में अपना पक्ष रखा जा सके। अब ऐसे मे कहॉ हो सकती है पढ़ाई? कुछ दिन तो आंदोलन धरने के नाम पर। कभी इस पक्ष की बैठक, कभी उस पक्ष का धरना। हालांकि कुछ भाई लोग खुश भी हैं कि चलो इसी बहाने किताबों में सर खपाने से छुट्टी तो मिली, वरना तो तमाम वेद पुराण ों में छात्रों के लिए इतने नैतिक उपदेश बघारे गए है कि आदमी को दम मारने की फुर्सत ही ना मिले (याद कर लीजिए बचपन में रटाया गया श्लोक ''काकचेष्टा बको ध्यानम''...), अरे स्टूडेंट हैं तो क्या जान ही ले लोगे?

समस्या एक हो तो कोई छात्र अकेला निपट भी ले, लेकिन यहाँ तो हर कोई उसके पीछे ही खड़ा है, पीछे ही पड़ा है; तभी तो छात्रों को मजबूरी में कहना पड़ता है कि –

झील पर पानी बरसता है हमारे देश में;
खेत पानी को तरसता है हमारे देश में।

अब लीडरों, अफसरों और पागलों को छोड़कर;
कौन हँसता है हमारे देश में?

कभी पी०सी०एस० में स्केलिंग के लिए धरना, कभी स्केलिंग हटाने के लिए प्रदर्शन। कभी नेट एग्ज़ाम अनिवार्य करने के लिए, तो कभी नेट की अनिवार्यता समाप्त करने के लिए। कभी विश्वविद्यालय को केंद्रीय दर्जा दिलाने के लिए, तो कभी विश्वविद्यालय में आरक्षण पहले की तरह लागू कराने के लिए। कभी चाहते हैं कि विश्वविद्यालय में नियमित कक्षाएँ चलें पर 75 प्रतिशत उपस्थिति अनिवार्य होते ही बवाल करना पड़ जाता है। यानी एक छात्र की जान के पीछे पड़े हैं दुश्मन जहान के। कभी कोई शिक्षा मंत्री आयेगा तो ऐलान होगा कि परीक्षाओं की अनिवार्यता समाप्त होगी और पूरे देश का विश्वविद्यालयी शिक्षा का पाठ्यक्रम एक होगा; तब तक पता चलेगा कि लो, यू०पी०एस०सी० ने प्रारंभिक परीक्षा से आप्शनल सब्जेक्ट हटा दिया है मगर राज्य लोक सेवा आयोगों ने ऐसा कोई चेंज नहीं किया है। अब छात्र को फायदा क्या हुआ? उसे तो पी०सी०एस० का प्री पास करने के लिए आप्शनल सब्जेक्ट पढ़ना ही है तो आई०ए० एस० में भी रहने ही देते, काहे उसे कनफ्यूज कर रहे हो? या तो दोनों से हटा लो या दोनों में आप्शनल सब्जेक्ट रहने दो।

सरकारें और संस्थाएं भी क्या करें, बहुत सोच विचार के, बड़ी बड़ी डिग्रियाँ धारण करने वाले कर्ता धर्ता जब अपनी समझ से छात्रों के हित में कोई फैसला करते हैं, तो वही फैसला अचानक उल्टा पड़ जाता है। सरकारें इसे नीतिगत फैसला बताती हैं तो छात्र कहते हैं

कि अच्छा बेटा, सरकार ही हमारी है और तुम इसे नीतिगत फैसला बताते हो। अभी बताते हैं....... यानी कि मौका मिला तो हम बता देंगे कि...।

कुल मिलाकर इस गणतन्त्र में छात्रगणों की तंत्र से रस्सा–कशी जारी है। जो तंत्र में यानी कि सिस्टम में शामिल हो गया वह तो इस रोज रोज की किच किच से बाहर आ जाता है। यानी कि रोज रोज रोजगार समाचार देखना, यूनीवर्सिटी रोड पर भीड़ में खड़े होकर समूह "ग" का फार्म देखना, आगे पीछे सेट कर आई०ए०एस० का फार्म भरना, पी०सी०एस० का परीक्षा केंद्र फ़तेहपुर, रायबरेली और सीतापुर डालना ताकि सबका साथ साथ परीक्षा केंद्र पड़े आदि–आदि खटकरम से मुक्ति। बाकी छात्रगणों का पूरा तंत्र तो यही कह सकता है कि–

चारा नहीं कोई जलते रहने के सिवा;
साँचे में फना के ढलते रहने के सिवा।

ऐ शमा, तेरी हयाते फ़ानी क्या है?
झोंके खाने, संभलते रहने के सिवा।

चुनावी मैन ऑफ द मैच

अकसर आपने अपने बीच लोगों को कहते सुना होगा "अरे यह इंडिया है, इंडिया। कोई इंग्लैंड, अमरीका नहीं। यहाँ यह नहीं हो सकता, वह नहीं हो सकता। ऐसा नहीं हो सकता, वैसा नहीं हो सकता... आदि–आदि", पर आजकल के चुनावों पर गहरी नजर डालने से पता चलता है कि कुछ भी असंभव नहीं है। कौन आज से कुछ समय पहले यकीन कर सकता था कि चुनाव इस कदर बिना शोरगुल के चलेंगे? दिन भर कानफोडू माइकों की आवाजों के बगैर? मगर वाह रे चुनाव आयोग, टी०एन० शेषन की शुरू की गई परंपरा को आने वाले सभी चुनाव आयुक्तों ने शानदार ढंग से निभाकर दुष्यंत कुमार की बात को सच ही साबित कर दिया है कि–

कौन कहता है कि आसमान में छेद नहीं हो सकता?
एक पत्थर तो ...... तबीयत से .... उछालो यारो....।

यह चुनाव आयोग के केवल खौफ की ही नहीं वरन शानदार प्रबंधन की ही कहानी है कि वास्तव में चुनाव 'स्वतंत्र और निष्पक्ष' हो गए हैं। वरना इससे पहले भी चुनाव 'स्वतंत्र और निष्पक्ष' ही होते थे मगर केवल सत्ताधारी दल और बाहुबली प्रत्याशियों के लिए। यह लोग अपने मनपसन्द बूथों पर मनपसन्द संख्या में वोट डालते डलवाते थे तो चुनाव स्वतंत्र ही तो हुआ। साथ ही हर बाहुबली को अपने–अपने क्षेत्र में अपने–अपने पक्ष में वोटों की खरीद–फरोख्त का

पूरा मौका मिलता था, तो चुनाव निष्पक्ष ही तो हुए। हाँ, अब स्वतंत्रता और निष्पक्षता जब अपने वास्तविक रूप में आ गई है तो कुछ लोग इससे बहुत खुश नहीं दिखते। आखिर उनकी स्वतंत्रता और निष्पक्षता की परिभाषा बदल जो गई है ।

इसी तरह कुछ सालों पहले तक 'चुनावी आचार संहिता' वास्तव में केवल आचार संहिता ही थी। ऐसा प्रतीत होता था जैसे यह भी हर सरकारी घोषणा की तरह एक सरकारी घोषणा मात्र है और इसीलिए इसका कोई वजूद नहीं है। मगर समय बदल गया है। क्या नेता, क्या अधिकारी और क्या प्रत्याशी? हर कोई यही सोच–समझकर सशंकित रहता है कि कब कौन सी बात मुँह से निकल जाए और आचार संहिता के उल्लंघन का मुक़दमा दर्ज हो जाए, यानी–

नजर नवाज़ नजारा .... बदल न जाए कहीं;
जरा सी बात है मुँह से निकल न जाए कहीं।

सबसे बड़ी गड़बड़ी तो वीडियोग्राफी की वजह से है। हर चीज़ पर कैमरे की नजर। 'सब कुछ साफ दिखाई देता है' की तर्ज पर। अब तो यह भी नहीं कह सकते कि 'मेरे कहने का यह मतलब नहीं था', 'मेरे बयान को मीडिया ने तोड़ मरोड़कर पेश किया है' आदि–आदि। यह सब जमाने अब गए। अब तो 'तेरा तो जो भी कदम है, मेरी निगाह में है' की तर्ज पर चुनाव आयोग के पास हर किसी का कच्चा चिट्ठा मौजूद है, इसलिए चुनाव तक शांतिपूर्वक ही रहिए, क्योंकि हर प्रत्याशी के साथ लगा है एक कैमरामैन जो चलता है 'तू जहाँ–जहाँ रहेगा, मेरा साया साथ होगा' की तर्ज पर। इसीलिए देखिए, कितना फर्क आ गया प्रत्याशियों के चाल चलन पर। बड़ी शराफत से वोट माँगते हैं जी! जरा भी डराते धमकाते नहीं। अब चुनाव जीत जाने के बाद करें तो करें। चुनावों तक तो शराफत ही शराफत। यानी हिमाकत से तौबा। हालांकि बस्तियों में दारू अभी भी उसी तरह बह रह रही है, मुफ्त साड़ियाँ अभी भी बंट रही हैं, अपनी अपनी जाति–बिरादरी की याद वैसे ही दिलाई जा रही है जैसे पहले

दिलाई जाती थी मगर इसमें चुनाव आयोग क्या कर सकता है? जब तक लोग अपने वोट की कीमत एक अद्धा या एक पउआ से ज्यादा नहीं समझेंगे या जो लोग कीमत समझते हैं वो घर से बाहर निकल कर वोट ही नहीं देंगे और ड्राइंग रूम में बैठ के खाली न्यूज चैनल देखते हुए देश–दुनिया के बदल जाने का दिवास्वप्न देखेंगे तो इसमें चुनाव आयोग क्या कर सकता है?

चुनाव आयोग जो कर सकता है वो है चुनावों का प्रबंधन। अपनी सीमाओं के अंतर्गत, नियम कानूनों के दायरे में रह कर लोगों को भयमुक्त हो कर वोट देने के लिए प्रोत्साहन। प्रत्याशियों का पूरा का पूरा बायो डाटा चुनाव आयोग ने आपके सामने रखवा दिया, फिर भी आप अगर संसद और विधानसभाओं में पचास प्रतिशत से अधिक खूनी, बलात्कारियों, डकैतों को भेजते हैं तो यह तो लोकतंत्र की महान शक्ति का परिचायक है, हमारी न्याय व्यवस्था की इस महान मान्यता की पुष्टि करता है कि केवल आरोप लगने भर से कोई दोषी नहीं हो जाता। इसमें चुनाव आयोग का कोई कसूर नहीं। हाँ, जो शहर पहले लाल, हरी, नीली पन्नियों के झंडों और पोस्टरों–बैनरों से ढककर एक विशाल कूड़ा घर नजर आता था, अब प्रत्याशियों के पास पैसे होते हुए भी वे चुनाव आयोग की वजह से शहर को कूड़ाघर नहीं बना सकते, यहाँ तक चुनाव आयोग पूरी तरह सफल है। यानी कि एक चीज़ तो तय है अब चुनाव में हार जीत चाहे जिसकी हो, मैन ऑफ द मैच तो तय ही हो चुका है। यह अवार्ड 'चुनाव आयोग' को ही जाएगा। ऐसा भी पहली बार होगा कि खिलाड़ियों के बदले पुरस्कार 'अंपायर' को मिलेगा। आपको क्या लगता है?

एक गुलाब मुझे भी चाहिए

"लो आ गयी फिर हवा महकी–महकी, फिजा महकी–महकी,हथेली पे उसके हिना महकी–महकी" की तर्ज पर फिर से खुशनुमा मौसम आ गया है। फरवरी का महीना कुछ होता ही ऐसा है, कुछ करने का जी करता ही नहीं। न ठंड ज्यादा होती है न गर्मी, बिल्कुल अलसाए–अलसाए सपने देखने का जी करता रहता है। युवा दिलों के मन में रंगीनियत फिर छा जाने को बेकरार होती है। फिर से बहस मुबाहिसों का दौर अपनी जगह होता है, आरोपों प्रत्यारोपों का दौर अपनी जगह। कोई कहता है कि यह पर्व भारतीय संस्कृति के अनुरू प नहीं है, यह प्रेम नहीं, अश्लीलता का प्रदर्शन है, यह युवाओं को उच्छृंखल बना रहा है आदि–आदि। वहीं टीन एजर्स को इस बात से कोई फर्क नहीं पड़ता कि उनको ले कर बाहर की दुनिया में क्या हंगामा फैला हुआ है? फेसबुक पे ही सब टाईम डिसाइड हो गया है कब कहाँ क्या करना है? कहाँ मिलना है? आदि आदि। यानी एक तरफ तो यह बहस और गोष्ठियों का विषय बना रहेगा दूसरी ओर युवा मन बेकरार हो ही रहे होंगे। कोई गिफ्ट खरीदने की तैयारियों में उलझा होगा, कोई पटाने के नए नए तरीके सोच रहा होगा और कोई धीरे से कमरे के अकेलेपन में गा रहा होगा– "कोई होता, जिसको हम अपना कह लेते यारों"। खैर, प्रेम में डूबे रहने का भी एक अलग ही मजा है। दीन–दुनिया की कोई खबर ही नहीं है। पड़े हैं किसी कोने

में बेसुध, हाथों में हाथ लिए। कुछ कहना तो चाहते हैं पर कहने का जी ही नहीं करता। गला भारी–भारी हो जाता है। बस जी करता है कि यहीं इसी पार्क की सीढ़ियों पर एक दूसरे में खोये–खोये जिंदगी गुजर जाए। नदी के घाट पर लहरों को गिनते हुए, मीठे मीठे सपने बुनते हुए, कब वक्त बीत जाता है, पता ही नहीं चलता।

नहीं–नहीं, मैं थोड़ा पुराने टाइप का आदमी ठहरा इसलिए पुराने टाइप के प्रेम का वर्णन पहले कर दिया वरना ऐसा नहीं है कि मुझे नए टाइप के प्रेम का पता नहीं है। अब कौन है जिसे "आई लव यू" कहने में इतना टाईम लगे कि पूरी तीन घंटे की पिक्चर इसी में निकल जाए कि अब बोला कि तब बोला। अब तो शुरुआत ही पहले "कांड" से होती है (कर्टसी–"बैंड बाजा बारात"), बाद में आई लव यू टाइप की फीलिंग आती है। कोई बात नहीं, हर जेनरेशन का प्यार करने का अपना अंदाज होता है, मैं क्यों समय के बदलाव पर अपनी टीका टिप्पणी कर के बुरा बनूँ; पर एक चीज है, इसके लिए यही एक दिन क्यों? जो प्रेम में आकंठ डूबा है उसके लिए उसके लिए तो हर दिन भीना–भीना मदहोशी से भरा है, क्या चौदह फरवरी और क्या चौदह मार्च? मतलब, मेरा तो यही मानना है कि भाई, प्यार है तो रोज वेलेंटाइन मना लो; न हो तो क्यों उस बेचारे संत का नाम खराब करने पे तुले हो। अब यह देख कर उस बेचारे की आत्मा को कोई अच्छा थोड़े फील होता होगा कि हर वेलेंटाइन अलग अलग साथी के साथ मनाई जा रही है। कुछ लोग होते हैं जो अगले वेलेंटाइन तक भी इंतजार नहीं करते, बीच में ही रास्ता बदल लेते हैं। भाई, यह करना हो, करो; क्योंकि मैंने पहले ही बोला कि मैं क्यों समय के बदलाव पर अपनी टीका टिप्पणी कर के बुरा बनूँ? मगर यह काम उस भले मानुष के नाम पे मत करो भाई। अपनी ना सही, उसकी इज्जत का तो ख़याल करो। हाँ, यह बात मैं जरूर मान सकता हूँ कि जिनको अपने लिए अभी नया नया प्रेम ढूँढना है, वो यह जरूर कह सकते है कि क्यों ना आज के ही दिन से सही? आज कुछ ट्राइ करो तो पिटाई का ख़तरा कम रहता है क्योंकि लोग आज

के दिन ऐसी हरकतों के लिए मेंटली प्रीपेयर हो कर निकलते हैं। बाकी दिनों में 'इजहारे मुहब्बत' ख़तरे से खाली नहीं, वो भी तब जब जान पहचान थोड़ी कम हो या बिल्कुल ही न हो।

जरा सोचिए, हर आदमी के लिए हर दिन अलग ही अहमियत रखता है। कोई इस दिन का इंतजार प्रेम में डूबने के लिए करता है, किसी को इंतजार है आज ही के दिन संस्कृति की रक्षा करने का। बिल्कुल मेन मार्केट में चमकते हुए मॉल में थोड़ी सी तोड़ फोड़, थोड़ा सा धरना– प्रदर्शन, थोड़ा सी देश में नैतिक गिरावट की बात, थोड़ी सी नसीहत, थोड़ा सा धक्का मुक्की। वहीं कुछ के लिए खुद का प्रेम कोई खास अहमियत नहीं रखता, वे दूसरों को प्रेम करते देखकर ही खुश हो लेते है या कुछ फिकरे फेंक कर अपनी भड़ास निकाल लेते हैं तो कुछ सोचते हैं कि काश! इसी तरह का कोई एकाद खूबसूरत पीस हमारे भी हाथ होता। वहीं रेस्टोरंट और गिफ्ट सेंटर तो जैसे मौके के इंतजार में बैठे ही रहते हैं। अचानक प्रेम करना महंगा हो जाता है क्योंकि सुबह–सुबह हर बाग़ से फूल, खासकर लाल गुलाब गायब है और हर चौराहे पर बिक रहा रह बीस रूपये प्रति पीस की दर से। प्रेम के प्रदर्शन के लिए कुछ ज्यादा महंगा भी नहीं। हा, हा...। तो अपने–अपने नजरिये से मनाइए यह दिन, और हाँ, एक लाल गुलाब तो मुझे भी चाहिए ही....।

आइये, थोड़ा रो लिया जाए

"आपके पहलू में आकर रो दिए", "रोते हुए आते हैं सब, हँसता हुआ जो जाएगा....", "मत रो ऐ मेरे दिल, कहीं रोने से तकदीरें बदलती हैं", "रोते रोते हँसना सीखो..."; आशा है इन मधुर बालीबुडिया गानों को कभी न कभी आपने भी जरूर सुना होगा और कभी कभी गुनगुनाया भी होगा। इस प्रकार रोने से होने वाले फायदों का भारतीय सिने गीतकारों ने अच्छा महात्म्य वर्णन किया है। आजकल ऐसा देखने में आया है कि रोने से तकदीरें भी बदलने लगी हैं। यह भी हाल ही में हम सबने देख लिया। भाई, टी०वी० पर गेम शो में भाग लीजिए, थोड़ा सा भावुक हो जाइए और ढेर सारे इनाम जीतिए। शायद जिंदगी में सफलता के लिए रोना बहुत जरूरी हो गया है आजकल। अब यह ना कहिएगा कि आप पर हंसना आ रहा है। ज्यादा हंसेंगे तो फसेंगे और बाद में रोएँगे। इसलिए पहले रोइए, बाद में हंसिए। जब टी०वी० पर बात बात पर मैं विभिन्न प्रकार के रीयलिटी शो में कलाकारों को रोते हुए देखता हूँ तो मेरी यह नहीं समझ में आता है कि भाई, पहले तो लोग अपना रूदन एक दूसरे से छिपाने की कोशिश करते थे क्योंकि रोना कमजोरी की निशानी मानी जाती थी मगर अब तो लोग खुलेआम रोते हुए पाये जाते हैं और मजे की बात यह है कि उस मौके पर कैमरा जरूर विद्यमान रहता है ताकि उस आदमी या औरत के सुबकने को टी०वी० पर दिखा कर

ब्रेकिंग न्यूज बना कर पेश किया जा सके। बिना कैमरे के अगर आप रोये तो क्या फायदा हुआ?

यूँ रोने का प्रभाव हम अत्यंत प्राचीन काल से ही सुनते आए हैं, वर्तमान में तो इसकी पुनर्खोज ही हुई है। थोड़ा सा प्रकार और स्वरूप में परिवर्तन जरूर आया है। पहले 'छाती पीट' कर रोना होता था, अब सुबक–सुबक कर बस इतना सा रोया जाता है कि आँख नम हो जाए। यह भी ख्याल रखना होता है कि इससे ज्यादा आँसू न निकले, मेकअप खराब होने का डर रहता है, फिर टी०वी० पर चेहरा भी फोटोजेनिक नहीं दिखता। आप को इसके प्रभाव का अगर अंदाजा नहीं है तो याद कीजिये कि एक महान खिलाड़ी ने टी०वी० पर रुदन कर किस प्रकार अपनी आँखें नम की थी और जनता ने मान लिया था कि यह आदमी तो फिक्सिंग में है ही नहीं। इसी तरह गाहे बगाहे नेताजी लोग किसी न किसी मामले में अपनी बेगुनाही साबित करने के लिए टी०वी० पर रोते पाये जाते हैं। अब तो बाबाजी लोग भी टी०वी० पर अपने ऊपर हुए पुलिसिया अत्याचारों का वर्णन करते हुए यत्र तत्र रोते हुए पाये जाते हैं। तो यह है प्रभाव रोने का। वह भी बड़े आदमी के रोने से तो कुछ विशेष किरणें निकलती हैं जो पूरे जगत को महिमा मंडित कर देती हैं। ऐसा मेरा अनुमान है, अब आप भी कुछ इस बारे में विचारिए।

आपने खुद अपने घर में भी रोने के प्रभावों का समाजशास्त्रीय अध्ययन किया होगा। घर में दो छोटे भाई बहन हैं, आपस में खेल रहे हैं। अब बचपन के दिनों में छोटी–छोटी बातों पर लड़ाई हो ही जाती है, बहन अपना दुखड़ा गाती है और पड़ती है बच्चू को बेभाव के। कहाँ कोई उसके तर्कों को सुनने वाला है? ऊपर से आगे के लिए चेतावनी भी मिल जाती है कि आगे से बिटिया को रुलाया तो खैर नहीं। अब बताइए रोना एक अच्छे हथियार के रूप में यहाँ पर इस्तेमाल किया गया या नहीं? और मम्मी पापा अपने ही जाल में फँस गए। इसी प्रकार रीयलिटी शो में गाने का प्रोग्राम चल रहा है, कोई

कलाकार बिल्कुल बाहर होने के कगार पर है मगर वो भावुक होकर अपने परिवार की आर्थिक स्थिति का सजीव चित्रण करता है और आप बिना उसकी योग्यता का ध्यान दिये और उसकी गायन क्षमता का आकलन किए उसके पक्ष में एस०एम०एस० पर एस०एम०एस० किए जा रहे हैं और वहाँ जज लोग अपना सर धुने जा रहे हैं कि आखिर ये जनता क्या कर रही है? अब उन्हें कौन समझाये कि जनता को जब सिर्फ रोने और सहानुभूति के आधार पर अपने पूरे देश की बागडोर किसी के हाथ में देने में कोई प्राब्लम नहीं है तो ये तो फिर भी सिर्फ एक रीयलिटी शो है और यहाँ स्टेक (दाँव) पर एस०एम०एस० के चंद रुपयों के अलावा कुछ खास नहीं लगा है।

इसी प्रकार आप चुनावों के अवसर पर रुदन के नए–नए प्रकार देख सकते हैं। कोई भावुक होकर भरे गले से कहता है, "इस बार आखिरी बार आपके पास आया हूँ। सेवा का मौका दीजिए।" किसी प्रत्याशी के बहन/पिता/पति/माता आदि किसी सगे संबंधी की मृत्यु हुई होती है और जनता की सहानुभूति पाने के लिए हर समय उसको आँख नम रखनी पड़ती है और अगर वो प्रत्याशी किसी अपने दिवंगत बहन/पिता/पति/माता आदि किसी सगे संबंधी की मृत्यु होने पर उसकी जगह चुनाव में खड़ा हुआ है तो उसका रोना तो सार्थक हुआ ही समझिए। उसकी एकमात्र योग्यता यही है कि वह किसी लोकप्रिय नेता के मृत्यु होने पर उनके सपनों को पूरा करने के लिए खड़ा हुआ है। ऐसे में उसका रोना व्यर्थ कैसे जा सकता है? वहीं कोई प्रत्याशी कहता है," देश और समाज की इस विपरीत और गिरी हुई अवस्था को देखकर मेरा ह्रदय भर आया है। मुझे सेवा का मौका दीजिए। मैं आपके हर आँसू पोंछ दूंगा"। ये अलग बात है कि बाद में वो पहले से भी ज्यादा खून के आँसू रुलाता है। खुद अपने आँसू अगले चुनाव के लिए बचा कर रखता है, पूरे पाँच साल का स्टॉक एक ही साथ खाली जो करना होता है।

अब आप समझ ही गए होंगे रोने की महिमा को। कई बार आपने यह भी सुना होगा कि फलाने ने इंटरव्यू में कहा कि उसका

परिवार बहुत गरीब है, पिता की मृत्यु हो गई है, घर में बीमार माँ है, चार छोटे भाई बहन हैं और वह परिवार का बोझ ढोने वाला इकलौता वारिस है। चयन बोर्ड के सदस्य द्रवित हो गए और चयन हो गया। ऐसे में यह बता पाना कठिन है कि यह बात कहाँ तक सच है, मगर कई बार तो मुझे भी लगता है कि एक बार इसी तरह रोकर देखा जाए, क्या पता कुछ फायदा हो ही जाए? तो आइये, थोड़ा सामूहिक रोना करते हुए रो लिया जाए।

झाँकिए अपना गिरेबाँ भी

वाकई सब समय का फेर है या फिर पैसों की माया कि आज के दौर मैं आदमी जो कुछ बन जाए, आदमी नहीं रह जाता। जिसकी जो मन में आए हाँकता चला जा रहा है, किसी को इतनी फुर्सत ही नहीं है कि अपने अंदर अपना गिरेबाँ भी झाँक कर देख लिया जाए। अब देखिए, आजकल हफ्तों से अखबारों में, टी०वी० समाचारों में आदमी को बार–बार कबूतर बताया जा रहा है। सिर्फ इतनी सी बात है कि कोई सांसद महोदय अपनी बीवी की जगह किसी और महिला को अपनी बीवी बता कर विदेश ले जाने की फिराक में थे, हवाई अड्डे पर धर लिए गए। लोगों ने इस नेक कार्य को 'कब. ूतरबाजी' की संज्ञा दे डाली। बताइए बिचारे कबूतर को पता भी नहीं और वो आदमियों की बस्ती में बदनाम हुआ फिर रहा है। फिर जब देश–प्रदेश में चुनाव होने वाले हों तो ऐसे में कबूतर चुनावी हो जाता है और इसकी गुटर गूँ भी बढ़ जाती है। कोई दल अपने गिरेबाँ में नहीं झाँकता और दुसरे दलों पर आरोप–प्रत्यारोप लगाता फिर रहा है कि फलाने दल में ज्यादा कबूतरबाज़ हैं, फलाने दल को अपना चुनाव निशान 'कबूतर' रख लेना चाहिए आदि–आदि। अरे भाई, यह तो सर्वविदित है कि इस टाईप के भाई लोग हर जगह मौजूद हैं। बस फर्क इतना है कि इन भाई साहब की किस्मत खराब चल रही थी, अच्छी तरह से नकली बीवी का मेक–अप नहीं हो पाया और

हवाई अड्डे पर अधिकारियों–कर्मचारियों की आँखों में धूल न झोंकी जा सकी। बाकी जनता भी यह सब देख ही रही है और चुनावों का परिणाम आने दीजिए, खुद ही पता लग जाएगा, कौन प्रत्याशी कबूतर बना है और कौन मुर्गा?

मगर यह ऐंग्रीमैन को अब भला बुढ़ापे में गुस्सा क्यूँ आ रहा है? वो भी बेटे बहू के साथ मंदिर में दो ढाई घंटे पुजा करने के बाद। पुजा से तो दिमाग शांत होता है भाई, फिर? जनता भी गज़ब है, सदी के महानायक के लिए दो–ढाई घंटा इंतजार नहीं कर सकती? अब क्या इतना बड़ा भगवान भक्त लाइन में लगेगा? जनता गर्मी के कारण बेहोश हो गई तो क्या? अगर गर्मी के कारण ऐंग्रीमैन ऐंड फैमिली बेहोश हो जाए तो क्या अंतर्राष्ट्रीय आपदा नहीं आ जाएगी? फिर याद नहीं है महानायक का यह डायलॉग– "देयर आर टू टाइप्स ऑफ काक्रोच। वन लिव्स इन गटर, वन लिव्स इन सोसाइटी"। (काक्रोच दो तरह के होते हैं, एक वो जो गटर में रहते हैं, एक वो जो समाज मैं रहते हैं) ऐसे में अगर महानायक ने आम जनता को समाज में रहने वाला काक्रोच मान लिया तो बेवजह ही हाय तौबा क्यों? आम जनता तो नाली का कीड़ा ही है जिसे जो बड़ा आदमी जब चाहे पैरों तले रौंद सकता है। यकीन न हो तो रोजमर्रा की घटनाएँ देखते रहिए, बार–बार यह साबित होती रहेगी और ऐंग्रीमैन ही क्यों, अभी सत्य साईं बाबा की मृत्यु पर हुआ मजमा देख लीजिए। अब वे असली बाबा थे, उनके चमत्कार असली थे या हाथ की सफाई! ये तो बातें ही बाद की हैं मगर उनके अंतिम दर्शनों के लिए जैसे वी०वी०आई०पी० में मार हो गई। आम जनता रात–रात भर से लाइन में लगी है मगर समता–स्वतंत्रता का गुणगान करने वाले बड़े लोग आराम से हवाई जहाज से उतरते और आराम से बाबा के पार्थिव शरीर के पास जाकर आँखे नम कर के टी वी कैमरों को बाइट देते और हाथ हिलाते अपने रोजमर्रा के काम में व्यस्त हो जाते। वहाँ आम भक्तों की किसको परवाह है? अब ऐसे बड़े लोगों को अगर कोई अपने गिरेबाँ में झाँकने की सलाह दे तो उससे बड़ा मूर्ख तो कोई है ही नहीं।

अब देखिए, आजकल भ्रष्टाचार का बहुत हल्ला गुल्ला मचा हुआ है। कोई इधर अनशन कर रहा है, कोई उधर सत्याग्रह करने पर आमादा है। बिल्कुल सही है भाई, भ्रष्टाचार कोई अच्छी चीज तो है नहीं कि इसका समर्थन किया जाए मगर हम ठहरे जरा पुराने आदमी। पता नहीं कहाँ से कौटिल्य का अर्थशास्त्र उठा लाये और देखा कि भारत का स्वर्ण युग कहे जाने वाले उस समय में यानी आज से करीब 2400 साल पहले चाणक्य लिखते हैं कि– "कर्मचारियों के भ्रष्टाचार का उसी तरह पता नहीं लगाया जा सकता है जैसे यह पता लगाना नामुमकिन है कि जल में रहने वाली मछली कितना पानी पी जाती है"। यानी यह बात सिद्ध हुई कि भ्रष्टाचार कोई आज की बीमारी नहीं है। ये हमारे जीन्स में तब भी शामिल थी जब इस पावन धरती पर सदाचार के पुतले रहा करते थे। उनकी नैतिकता की मिसालें दी जातीं थीं। हालांकि मिसालें आजकल भी दी जाती हैं मगर नैतिकता की नहीं, अनैतिकता की। नैतिकता नाम के महामारी वाले कीटाणु को तो हम अपनी वैज्ञानिक प्रगति से कब का साफ कर चुके। अब नैतिकता का आलम यह है कि सत्याग्रह कर रहा है कोई महान पुरुष जिसके ऊपर कोई दाग नहीं है, सत्याग्रह सफल होता दिख रहा है; महापुरुष बार–बार बोल रहा है कि हमें कोई राजनीतिक समर्थन नहीं चाहिए मगर पहुँच जाते हैं ऐसे–ऐसे नेता, पूर्व मुख्यमंत्री लोग समर्थन देने कि जनता हैरत में है कि यहाँ भ्रष्टाचार–विरोधी आंदोलन को समर्थन देने से पहले क्या इन्होंने एक बार भी अपने गिरेबाँ में न झाँका होगा कि मैंने कैसे–कैसे संपत्ति इकठ्ठा की है, कैसे मेरे नाम पर मेरे मुख्यमंत्रित्व काल में बकायदा टैक्स वसूला जाता था? मगर नहीं, हम भी भ्रष्टाचार विरोधी हैं भाई। यानी नौ सौ चूहे खाकर बिल्ली हज को चली। वो तो कहो जनता ने मंच पर ही चढ़ने नहीं दिया वरना वो भी वहीं धरने पर भी बैठ जाते।

फिर ऐसे लोगों को ही क्यों कहें? हम और आप भी अपने गिरेबाँ में क्यों न झाँके? क्या हम उन बातों का पालन खुद करते हैं जिनका

पालन करने की अपेक्षा औरों से करते हैं? दूर क्यों जाएँ? हम में से हर एक व्यक्ति ट्रेन से यात्रा जरूर करता होगा। हमारा रिजर्वेशन कन्फर्म नहीं होता तो हम क्या करते हैं? यात्रा रद कर देते हैं या चुपचाप ट्रेन की जनरल बोगी में बैठ जाते हैं। नहीं, हम इन दोनों में से कोई काम नहीं करते। हम चौड़े से स्टेशन पहुँचते हैं, रिजर्व बोगी में दाखिल होते हैं। ट्रेन के टी०टी० को पकड़ते हैं, पहले यहाँ–वहाँ, इनका–उनका परिचय दे कर उसे दबाव में लेने की कोशिश करते हैं, दबाव में आ गया तो ठीक वरना फिर अनुनय–विनय पर उतारू हो जाते हैं "भाई साहब, कोई उपाय निकालिए; जाना बहुत जरूरी न होता तो रिक्वेस्ट न करता"। अब इस पर भी मामला नहीं बनता तो फिर ब्रह्मास्त्र छोड़ते हैं, धीरे से टी०टी० की जेब में एक गांधी छाप डाल कर मुस्कुरा देते हैं कि–"अब ठीक" और अमूमन यह ब्रह्मास्त्र ठीक निशाने पर बैठता है। अब ऐसे में यह बताइए कि कौन किसको गलत कहे। कहने से पहले अपना गिरेबान न झाँक लें।

न दिन का चैन है न रात का आराम

कुछ भी कहो ऊपर वाले का जलाल इन गर्मियों में ही तो समझ में आता है जब दिन में दस बजे ही आँखें धूप से चौंधिया जाती हैं और बाहर निकलना दूभर हो जाता है। इधर नीचे वालों की कृपा (यानि बिजली विभाग की माया) भी समय के साथ बढ़नी शुरू हो जाती है और आप बिजली का इंतजार करते रहते हैं, 'थोड़ा इंतजार का मजा लीजिए' की तर्ज पर और बिजली है कि 'आती नहीं, आती नहीं' और थोड़ी देर के लिए आती भी है तो फिर तड़पा के चली जाती है। ऐसे में याद आता है गालिब का यह शेर–

उनके आने से जो आ जाती है चेहरे पे रौनक;
वो समझते हैं कि बीमार ... का हाल अच्छा है।

ऐसा प्रतीत होता है कि गालिब चच्चा ने यह शेर अपनी महबूबा की जगह इस नामुराद बिजली की शान में ही लिखा था या फिर बिजली रानी ही उनकी महबूबा थीं। खुदा करके मुझे यह उलाहना मत देने लगियेगा कि गालिब के जमाने में तो बिजली होती ही नहीं थी। आखिर गालिब साहब, गालिब साहब ठहरे। बड़े शायर थे, समय

से आगे सोच सकते थे, कल्पना भी कर सकते थे; वो आपने सुना नहीं है कि– "जहाँ न पहुँचे रवि, वहाँ पहुँचे कवि"।

खैर, अभी तेज गर्मियाँ शुरू ही हुई हैं। अभी जरा प्रकोप तो बढ़ने दीजिए। कुछ खबरें आपको अखबारों में मिलनी आम शुरू हो जाएँगी। मसलन अगले पाँच वर्षों में बिजली के मामले में पूर्ण आत्मनिर्भर हो जाएगा देश–प्रदेश, जल्द शुरू होने वाली है अल्ट्रा मेगा परियोजनाएं, निजी उद्यमियों ने भी देश–प्रदेश में पावर सैक्टर में प्रवेश किया, इत्यादि–इत्यादि। कुल मिलाकर आश्वासन ये रहते हैं कि केवल 4–5 गर्मियाँ और झेल लीजिए, उसके बाद तो मामला एकदम फिट हो जाएगा (यह अलग बात है कि मैंने ऐसी कई गर्मियाँ झेलीं, हर साल विद्युत कटौती बढ़ी ही है यानि 'मर्ज बढ़ता गया, ज्यों–ज्यों दवा की')। पर जनता भी क्या करे, उसका दिमाग भी तो केवल नकारात्मक ख़बरों को पढ़ने में ही लगा रहता है, मसलन– देश–प्रदेश में बिजली माँग और आपूर्ति के बीच अन्तर बढ़ा, फलाँ विद्युत केंद्र की दूसरी इकाई भी ठप, ओवरलोडिंग से हाई टेंशन तार फुंका, आदि–आदि। ऊपर की सकारात्मक ख़बरें तो जब घटित होंगी, तब होंगी। नीचे वाली की ख़बरों का असर तो आम आदमी की ज़िंदगी में रोज–रोज घटित होता है और जब रात–रात भर बिजली के गायब रहने से गुस्सा उत्पन्न होता है तो यह गुस्सा भी खबर बनाता है जैसे विद्युत उपकेन्द्र पर तोड़–फोड़, विद्युत कर्मचारी सब स्टेशन में दुबके, इत्यादि–इत्यादि।

इन सब पर होने वाली कार्यवाही भी मजेदार होती है। शुरुआत होती है धमकियों से; जैसे– "उपद्रवियों से कड़ाई से निपटा जाएगा", "कानून व्यवस्था बनाए रखने में कोई कोर कसर नहीं रखी जाएगी" और धीरे–धीरे यह अपील की तरफ बढ़ती है– "कृपया शाम को पीक आवर्स में अपने एसी और कूलर न चलाएँ; विद्युत को समझदारी से उपयोग करे, विद्युत बचाएँ–खुशियाँ पाएँ"। जब इतने से भी काम नहीं चलता तो शुरू होता है आरोप–प्रत्यारोप का दौर– "केंद्र कर रहा है

हमारे प्रदेश के साथ सौतेला व्यवहार, केंद्रीय सेक्टर से नहीं मिलती राज्य को पर्याप्त बिजली"। अब चूंकि इस सबसे कुछ परिवर्तन तो होता नहीं। अतः यह ख़त्म होता है अंततः गिड़गिड़ाहट में जाकर– "यह दीर्घ कालिक समस्या है, इसका तुरंत समाधान संभव नहीं; इतनी तेजी से बढ़ती जनसंख्या की जरूरतों को पूरा करने के लिए हमारे पास पर्याप्त संसाधन नहीं" आदि–आदि। खैर, अपने राम का क्या है? हर साल की भाँति यह भी गुजर ही जाएगा किसी तरह। दिन भर 'लू' से झुलसते, रात को मच्छरों की गुनगुनाहट सुनते–सुनते; पर बच्चे क्या करें? न दिन को चैन है, न रात को आराम। उन बिचारों को तो आश्वासनों से भी बहलाया नहीं जा सकता।

बहुत कुछ होता है अचानक

जब यह महीना शुरू हुआ था तो स्वेटर उतरने लगा था, रज़ाई रखी जाने लगी थी और मौसम को कोसा जाना शुरू हो गया था, मसलन 'अभी यह हाल है तो गर्मी में क्या होगा?', 'ईश्वर को जाने क्या मंजूर है?' आदि–आदि। मगर वाह रे मौसम, क्या रंग बदला है इसने भी? इसीलिए तो गाना लिखा गया है– "मौसम की तरह तुम भी बदल तो न जाओगे...."। फिर से रिमझिम बारिशों ने मौसम को खुशगवार कर दिया। गुलाबी–गुलाबी जाड़ा फिर लौट आया अचानक। अचानक रज़ाई अच्छी लगने लगी। होगा यह पछुवा पवन का प्रभाव, होगी मौसम वैज्ञानिकों को सौ तरह की चिंताएँ। यहाँ तो अचानक हुए इस मौसम परिवर्तन ने जीवन में फिर से रस घोल दिया है। 'संडे' के दिन रज़ाई में बैठकर, गरमागरम आलू परांठा, चटनी के साथ। वाह, चाय की चुसकियों के साथ इंडिया का क्रिकेट मैच टीवी पर। इससे ज्यादा आनंद थोड़े होगा स्वर्ग लोक में इन्द्र को अप्सराओं के साथ...।

कभी–कभी सोचता हूँ यह 'अचानक' शब्द भी हमारी जिंदगी में कितने बड़े–बड़े परिवर्तन ला देता है, वो भी 'अचानक'। मसलन, चले जा रहे हैं मौसम का आनंद लेते हुए, अपनी ही मस्ती में। दीन दुनिया की कोई खबर ही नहीं है कि अचानक उधर से भी कोई मस्ती में आ रहा है और 'मस्ती' 'मस्ती' आपस में टकरा गए। वो एक टाँग

के हो गए और आपका एक हाथ गायब। हो गया ना 'अचानक' पूरी जिंदगी का 'पटरा'। अभी घर में आराम से कुर्सी पर बैठकर सोचते रहिए कि 'अचानक' यह क्या से क्या हो गया? और गाना गाइए– "ये कहाँ आ गए हम ???"

सोचिए जरा, कभी अपने कलमाड़ी भाई साहब ने सोचा होगा कि उनको ऐसे दिन देखने पड़ेंगे। बीसों साल से सब कुछ इतना हसीन चल रहा था। मजाल है कि कोई खेलों की दुनिया में उनके आगे चूँ भी कर दे। कितने खिलाड़ी आये, अपना प्रदर्शन किये, नाम कमाये और नामालूम कब गुमनामियों की गर्त में चले गए मगर कलमाड़ी साहब का जलवा वैसे का वैसे बरकरार। मगर अचानक एक दिन उनके दिमाग में फ़ितूर आता है कि अपने देश में बहुत दिनों से बड़ा खेल आयोजन नहीं हुआ है, सो उन्होंने जी जान लगा दी कामनवेल्थ को इंडिया लाने में और अचानक उनकी जिन्दगी में तूफान आ गया...।

वैसे ऐसा नहीं है कि जिंदगी में 'अचानक' सब बुरा ही बुरा होता हो। अब आदमी सफल भी तो अचानक ही होता है। यह अलग बात है कि लगा रहता है काम–धाम में, पढ़ाई–लिखाई में मगर रिज़ल्ट तो 'अचानक' ही आता है और अचानक आप की सारी खराबियाँ अच्छाइयों में बदल जाती हैं। अचानक ही आप बड़े होनहार छात्र हो जाते हैं, 'अचानक' आपके अंदर सुर्खाब के पर उग जाते हैं और 'अचानक' आप शादी के योग्य वर बन जाते हैं। अब कोई फिल्म आती है एक दिन और अचानक लोग पाते हैं कि एक नए स्टार का उदय हो गया है। आई०पी०एल० का कोई मैच चल रहा है और बिल्कुल नए नवेले किसी सत्रह–अठारह साल के लड़के ने चौकों छक्कों की बरसात कर दी और शतक लगा दिया। बिल्कुल अचानक ही उसमें तमाम क्रिकेट पंडितों को देश का भविष्य नजर आने लगता है।

दरअसल ये जिंदगी बड़ी ही अनिश्चितताओं से भरी है। इसका चलने का कोई क्रम तो है नहीं। सब कुछ ठीक चलता रहेगा कि

‘अचानक’ उलझनें शुरू हो जाएँगी। ‘अचानक’ पैसों की जो किल्लत शुरू होगी कि आप त्राहि–त्राहि कर उठेंगे, ‘अचानक’ ज़रूरतें बढ़ जाएँगी इतनी मात्रा में कि खत्म होने का नाम ही नहीं लेंगी। वहीं कभी–कभी ऐसा भी होगा कि बहुत परेशान होंगे, बहुत उलझे हुए नजर आएँगे, बहुत मुश्किलें आपका रास्ता रोके खड़ी होंगी और उनसे बचके निकलने का कोई रास्ता नजर नहीं आएगा मगर ‘अचानक’ जैसे सूर्य की एक किरण आएगी और सब खुशनुमा हो जाएगा। मैं तो यही उम्मीद करता हूँ कि सबकी जिंदगी में इसी तरह ‘अचानक’ खुशियाँ ही खुशियाँ आती रहें। तब तक तो बने बनाए मौसम का मजा लीजिए, कहीं ‘अचानक’ बिगड़ न जाए।

महँगाई पर शीघ्र नियंत्रण पा लिया जाएगा

चाहे प्रधानमंत्री हों, चाहे वित्तमंत्री हों या योजना आयोग के उपाध्यक्ष, हर किसी का बयान है– 'महँगाई पर शीघ्र ही नियंत्रण पा लिया जाएगा', 'जमाखोरों से सख़्ती से निपटा जाएगा आदि–आदि। प्रधानमंत्री महोदय विभिन्न सम्मेलनों में उद्योगपतियों को फटकार लगाते हैं– 'अत्यधिक मुनाफाखोरी की प्रवृत्ति ठीक नहीं है। उद्योगों को अपने सामाजिक सरोकारों का ख्याल रखना चाहिए' आदि–आदि, पर मजा देखिए इन सब भाषणबाजी का कुल परिणाम इतना ही दिखता है कि अगले ही दिन आटा दो रुपये किलो और महंगा हो जाता है। वहीं एक और मंत्री जी हैं जिनका वैसे तो महँगाई से कोई विशेष संबंध नहीं होना चाहिए मगर पता नहीं क्यों वे गाहे–बगाहे भविष्यवक्ता की भूमिका निभाते रहते हैं और जरूरत हो या न हो, मगर बयान देते रहते हैं कि "अभी चीनी और महंगी होगी", "अभी दाल के दाम और बढ़ेंगे", "प्याज के दाम तो अब अगली फसल आने के बाद ही कम होंगे" वगैरह–वगैरह। अब इन बयानों के बाद भी अगर चीनी, दाल और प्याज व्यवसायियों ने अगर दाम नहीं बढ़ाए तो धिक्कार है उन पर! इतना बड़ा मंत्री इतनी बड़ी भविष्यवाणी कर रहा है तो उनका फर्ज बनता है कि उसकी बात सच

करके दिखाएँ। नतीजा चाय कड़वी होने लगती है, प्याज खून के आँसू रुलाने लगती है और आम आदमी की दाल गलनी बंद हो जाती है।

अब सरकार और उसमें बैठे लोग भी क्या करें? उनके पास और भी ढेर सारे मसले निपटाने हैं। तमाम राज्यपालों की नियुक्तियाँ करनी हैं। अपनी ही पार्टी के अंदर सर्वसम्मति बनाने का महत्वपूर्ण कार्य करना है। कौन व्यक्ति ज्यादा वफ़ादारी से मंत्रिमंडल के आदेशों पर मुहर लगाएगा, बिना यह सोचे कि राज्यपाल का यह कदम संवैधानिक है या नहीं; यह तय कर पाना कोई मामूली काम नहीं है? फिर किस–किस राजनेता को राज्यपाल बनाकर ससम्मान राजनीति से सेवानिवृत्त करना है, यह तय करने में सरकार को पसीना आ जाता है। फिर उधर कालाधन और भ्रष्टाचार सरकार की नाक में दम किए हुए है। 'अन्ना' का दिमाग भी अजीब है, जहाँ लोकपाल बिल के मसले पर रोज कोई न कोई फितूर घुस जाता है। इस फितूर को निकालने में ही आधी सरकार लगी हुई है। बाकी आधी सरकार 'बाबा' को सांप्रदायिक करार देने के काम में जुटी हुई है। ऐसे महत्वपूर्ण कामों के बाद महँगाई से निपटने के लिए सरकार के पास वक्त ही कहाँ मिल पाता है?

ऐसा भी नहीं है कि सरकार महँगाई कम करने की कोशिशें नहीं कर रही है। खूब कोशिशें हो रही हैं। रिजर्व बैंक के गवर्नर हर कुछ दिन बाद रेपो रेट, रिवर्स रेपो रेट और ब्याज दर बढ़ा देते हैं ताकि महँगाई पर लगाम लगे पर बाज़ार को यह अर्थशास्त्र कुछ ज्यादा समझ में नहीं आता और ब्याज दर बढ़ने से महँगाई और भड़क जाती है। तो इसमें चिंता कि कोई बात नहीं हैं, रिजर्व बैंक एक बार फिर रेपो रेट बढ़ाने को तैयार है। आप भी तैयार रहिए– महँगाई के एक बार और बढ़ने के लिए। इधर कृषि एवं खाद्य मंत्रालय के पास तो महँगाई घटाने का एक ही नुस्खा है। आयात, वह भी महंगी दरों पर। आखिर लोहे को लोहा ही काटता है। यहाँ पर सरकार कहती है कि गेहूँ 850/–रुपये प्रति क्विंटल खरीदेंगे। निजी कंपनियां 900/–

रूपये प्रति क्विंटल देकर सारा गेहूँ खरीद लेती है। सरकार को अचानक होश आता है कि अरे, अब तो बफर स्टाक भी नहीं बचा। सरकार आनन–फानन में फैसला करती है कि अब तो ऑस्ट्रेलिया से 50 लाख टन गेहूँ खरीदा जाएगा; वह भी 950/– प्रति क्विंटल की दर पर। यहाँ किसान को 850/– रूपये देने में दर्द होता है और वहाँ के किसान को 950/– देने में आता है मजा; वह भी महँगाई रोकने के नाम पर। सरकार दरअसल 'वसुधैव कुटुंबकम्' के नारे में विश्वास करती है। ऑस्ट्रेलिया का किसान भी हमारा उतना ही अपना है जितना भारत का। सीमाएँ आड़े नहीं आनी चाहिए। बाकी महँगाई पर नियंत्रण तो पा ही लिया जाएगा। सबसे अच्छा तो इंग्लिश मीडियम स्कूलों को चलाने वाले लोग करते हैं। सबसे समान भाव से व्यवहार करते हैं। वो पहले ही मान लेते हैं कि महँगाई बढ़ गई है, इसलिए हर सत्र में फीस में वार्षिक वृद्धि कर देते हैं। लोग भी खुशी–खुशी स्वीकार कर लेते हैं। बच्चे को स्मार्ट जो बनाना है, साथ ही अगल–बगल के लोगों को दिखाना भी है कि हमारा बच्चा शहर के सबसे अच्छे स्कूल में पढ़ता है। यह अलग बात है कि जब उसी स्कूल के टीचर तनख्वाह बढ़ाने को कहते हैं तो उन्हें पी०एम० के आश्वासन का झुनझुना थमा दिया जाता है कि 'महँगाई पर शीघ्र नियंत्रण पा लिया जाएगा'।

ये गिरे को उठाने वाले

बरसात का मौसम करीब–करीब आ ही गया है। कभी–कभार बरसात हो ही जाती है। ऐसे में शहर की हर सड़क, चाहे वो किसी भी मुहल्ले की हो, एक विशेष प्रकार के रस–'कीचड़ रस' से सराबोर हो ही जाती है। आप पूछेंगे– इसमें ऐसी क्या खास बात है? बरसात में सड़कों पर कीचड़ नहीं तो क्या मक्खन फैला रहेगा? अरे हुजूर, गुस्सा क्यूँ होते हैं? असली कहानी तो आगे आने वाली है।

दरअसल झीनी–झीनी बारिश होती है तो अपने साथ सड़कों पर कीचड़ भी लाती है और जहाँ कीचड़ होगा, वहाँ फिसलन तो होगी ही ना। जब फिसलन होगी तो लोग गिरेंगे ही। इस मौसम में आप कहीं भी सड़क किनारे, चाय की दुकान पर, पान की दुकान पर खड़े होकर पाँच मिनट माहौल का नजारा लीजिए, कोई न कोई आपको भद से गिरता हुआ नजर आएगा। बहुत पहले एक शेर सुना था किसी दीवाने से–

पिला के गिराना तो .... सबको आता है;
मज़ा तभी है कि गिरते को थाम ले साक़ी।

ऐसे में फिसल के गिरे हुए को उठाने के लिए लोग आगे आ ही जाते हैं और अगर वो कोई नवयौवना फिसलकर गिर गई तो! तो फिर तो बात ही क्या है? फिर तो लोग दौड़ पड़ते हैं मदद को।

हर आदमी यही चाहता है कि हम ही उठाएँ। कहीं देर ना हो जाए। फिर भी अगर पीछे पहुँचे, उठाने को हाथ न लगा पाए तो अफसोस तो होगा ही। फिर मन ही मन में ठान लेते हैं कि अगली बार तेज दौड़ेंगे और उठा कर ही दम लेंगे। कई भाई लोग जो ऐसे स्थलों पर थोड़ा देर में पहुँचते हैं उनके मुँह से तो यही निकलता है कि– "हाय हुसैन, हम न हुए"। आप को लग रहा होगा कि आप के मन का चोर पकड़ा गया। क्या करें, इधर भी तो यही हालत है। पिछली कई बरसातों से इस इंतजार में रोज शाम को सड़क पे निकलते हैं कि कहीं कोई सुशीला, सुकन्या फिसल कर गिरे और हम अपने हाथों से उठाएँ। पर हमारे ऐसे नसीब कहाँ?

उनके पुराने संपर्कों का इतना भी फायदा ना मिलेगा? चलो, पुराने ना सही, उन्हें बस एकाद दो वादे ही तो करने होंगे कि चलो, इस जेल यात्रा को फाइनेंस कर दो, अगला कांट्रैक्ट तुम्हारी कंपनी के नाम। बस हो गई प्राब्लम साल्व!

बल्कि मैं तो यह कहता हूँ कि इससे अदालतों का काम भी कम हो जाएगा। अभी क्या होता है? एक जगह से जमानत ख़ारिज होती नहीं कि अर्जी दूसरी जगह हाजिर। अब जब जेलों की इतनी बढ़िया व्यवस्था हो तो काहे के लिए जमानत की आर्जियाँ? एक ही बार फाइनल फैसला ही हो जाए!! काहे की मगजमारी और नतीजा सामने होगा, अदालतों में क्वालिटी केस और क्वालिटी बहसें! इसलिए यह तय हुआ कि प्राइवेट जेलें समय की माँग हैं।

सबसे पहले तो आँकड़ों को मैनुपुलेट करना सीखिए। यह मैनुपुलेशन भी इसी सच को चाँदी के वर्क में लपेट कर कहने का एक आधुनिकतम और एडवांस तरीका है, विश्वास न हो तो किसी को दलाल कह के देख लीजिए, बुरी तरह भड़क जाएगा। वहीं उसको बहुत अच्छा मैनुपुलेटर कहिए, फ़ैसिलिटेटर कहिए या फिर फिक्सर ही कह लीजिये तो अंदर ही अंदर खुश होकर वह थोड़ा सा मुस्कुरा देगा। तो मैनुपुलेट ऐसे करना है कि तस्वीर का अच्छा वाला पहलू ज्यादा अच्छा और चमकदार दिखाई दे। मसलन, कहिये कि अपराधों की दर में अत्यधिक कमी आयी है। केवल दस बलात्कार प्रतिदिन। इतनी बड़ी आबादी में इतना तो मानकर चलना पड़ेगा। हत्याएँ जरूर थोड़ी बढ़ी हैं क्योंकि बलात्कारियों ने बलात्कार के बाद पकड़े जाने के डर से हत्या भी कर देना पसंद किया। चोरियाँ तो लगभग शून्य हो गयी हैं (क्योंकि चोर ज्यादा दीदादिलेर हो गए हैं और सीधे डकैती में हाथ आजमा रहे हैं), छिनैती की घटनाएँ तो होती ही नहीं (क्योंकि एफ०आई०आर० दर्ज कौन कराने आएगा? आम जनता की इतनी मजाल कहाँ कि छिनैती की रिपोर्ट करने थाने आने लगे!) आदि–आदि।

इसी तरह बताइए कि यद्यपि महँगाई बहुत बढ़ गयी है मगर देश का आर्थिक विकास तेज़ी से हो रहा है (इसीलिए आलू–प्याज के दाम भी तेजी से विकास कर रहे हैं)। तेल के अंतर्राष्ट्रीय दाम दस रूपये प्रति लीटर बढ़ जाने के बावजूद हमने केवल तीन रूपये प्रति लीटर ही बढ़ाये और रसोई गैस और केरोसीन ऑयल के तो बढ़ाए ही नहीं। देखिए, जनता आपको कितना धन्यवाद देगी कि देखो तो हमारे ऊपर कितना एहसान हो रहा है। बस! थोड़ी सी सावधानी की जरूरत है क्योंकि दुष्यंत कुमार जी सावधान कर गये हैं कि –

नजर नवाज नजारा ...... बदल ना जाए कहीं;
जरा सी बात है मुँह से निकल न जाए कहीं।

अब मान लीजिए कि शकीरा पंद्रह हजार लोगों के आगे नाच रही है। पब्लिक बेवजह चिल्ला रही है। ऐसे में आपने उसके गाने के बारे में अगर यह कह दिया कि–'कैसे कैसे मंजर सामने आने

लगे हैं; लोग गाते–गाते चिल्लाने लगे हैं'। तो आपका क्या होगा, यह आप से बेहतर कौन जानेगा? ऐसे में या तो चुप रहिए या बहुत पेट में गैस बन रही हो और बोले बिना रहा न जा रहा हो तो धीरे से ऐसे बोलिये –'वैसे तो अच्छा गा रही है पर पहले और भी अच्छा गाती थी' या 'नाच तो अच्छा रही है पर जरा कपड़े पहन के नाचती तो और अच्छा लगता' आदि–आदि। इसी तरह अगर आपने अपनी महबूबा के सामने जरा भी सत्यवादी हरिश्चंद्र बनने की कोशिश की तो हो गया काम। अगला हफ़्ता उसको मनाते–मनाते ही बीतेगा। इसलिए उसकी कोई भी ड्रेस बुरी नहीं, वो हर ड्रेस में बवाल लगती है। ''क्या कमाल का ड्रेसिंग सैन्स है जानेमन!!'', ''कलर कॉम्बिनेशन तो गज़ब का चूज किया है'', "फिटिंग भी परफेक्ट है", आदि कुछ वाक्य रट लीजिए कोर्स की किताबों की तरह। गाहे–बगाहे उसकी तरफ उछालते रहिये। लाइफ बन जाएगी। अब देखिये, डॉक्टर साहब लोग क्या बोलते हैं–"वैसे तो मैं कोई भगवान नहीं हूँ, पर कोशिश करता हूँ"। अब सीधे सीधे बोल दें कि–"बेटा, तुम्हारा तो काम हो गया, टिकट कन्फ़र्म होने ही वाला है"। तो मरीज तो न मरने वाला होगा तो भी मर जाएगा। इसी तरह बॉस से कभी "ना" नहीं बोलने का। "हाँ, सर! मैं देखता हूँ। बस सर, अभी थोड़ी देर में हो जाएगा। सॉरी सर, बस अभी भिजवाया सर। सर, फ़ाइल बस अभी आप तक पहुँच ही रही होगी" वगैरह–वगैरह। यानि कि काम तो कुल मिलाकर अपने टाइम पर ही होगा, आप काहे ''ना'' बोलकर अपना रिकॉर्ड खराब करें। ऐसे में अमूमन लोग तो ओ०के० हैं इस जमाने में क्योंकि अधिकतर लोगों ने सच बोलने की यह आधुनिक कला सीख ली है मगर उन लोगों के लिए तो वक्त जरूर खराब चल रहा है जिनके लिए दुष्यंत कुमार ने कहा है–

हिम्मत से सच कहो तो बुरा मानते हैं लोग,
रो रो के ... बात कहने की आदत नहीं रही

अटक गई कि यह संक्रमण काल है और यही हमारी समस्याओं का कारण है....और बताओ भला, मैं तो बेकार ही परेशान हो रहा था कि मेरी सारी समस्याओं का कारण गरीबी है, बेरोजगारी है, दुर्व्यवस्था है...आदि–आदि...।

लेकिन केवल यह जान लेने से कि सारी समस्याओं का जड़ संक्रमण काल है, तो बात बनने वाली है नहीं। आखिर यह संक्रमण काल कभी समाप्त भी होने वाला है या यह ऐसे ही चलेगा। फिर तभी मेरे दिमाग में बत्ती जली जैसे चाचा चौधरी के पुराने कामिक्सों में चाचा चौधरी के दिमाग में जलती थी जब उनके दिमाग में किसी गंभीर समस्या का हल आने पर होता था क्यूंकि चाचा चौधरी का दिमाग कंप्यूटर से भी तेज चलता है। अब हमारा दिमाग तो ऐसा है नहीं मगर ये ख़याल आया कि ऐसा कौन सा समय था जब हम संक्रमण काल में नहीं थे?

देश के स्तर पर सोचने लगे तो पता चला कि आजादी के बाद पाँच–दस साल तो लोगों ने यह सोच के काट दिये कि भाई अभी–अभी आजादी मिली है और अभी तो अधिकारी–कर्मचारी काम करना सीख रहे हैं। व्यवस्था सुधारने में थोड़ा टाइम तो लगेगा (अब यह क्या पता था कि वही सुधरी हुई व्यवस्था थी और उसके बाद तो यह सिर्फ बिगड़ने के ही काबिल थी)। खैर, जैसे तैसे अभी गाड़ी पटरी पर आ ही रही थी कि चीन ने हमला कर दिया। 'हिन्दी चीनी भाई–भाई' करते–करते वो कब कसाई बन बैठा; यह किसी को पता ही नहीं चला और एक बार फिर संक्रमण काल शुरू हो गया। रही सही कसर पाकिस्तान के हमले से पूरी हो गई। ऐसे में संक्रमण काल का पीरियड और लंबा हो गया। कुछ मामला सुधरता उससे पहले ही इंडिकेट–सिंडीकेट का झगड़ा चालू हो गया। अभी भारतवर्ष "गरीबी हटाओ" के नारे को हकीकत में बदलने के बारे में सोच ही रहा था कि 1971 के बवाल सामने आ गए। जब मामला एक नया देश बनाने का हो तो अपना देश तो संक्रमण काल में जाएगा ही। अभी यह सब किस्सा ठीक से निपटा भी नहीं कि संपूर्ण क्रांति का

आह्वान हो गया। ऐसी स्थिति में कोई नार्मल कैसे रह सकता है? क्रांति जैसी स्थितियाँ हों और संक्रमण काल ना आए यह हो सकता है भला? फिर क्या था? अगले चार–पाँच साल तो संविधान के लिए कुछ ज्यादा ही भारी गुजरे। हर पार्टी उसे ही बदलने पे लगी थी। ऐसी कोई नीति नहीं थी जो कई बार उलटी–पलटी न गई हो। किसी तरीके से जब महान राजनीतिक प्रयोग अपने स्वार्थों की भेंट चढ़ के छिन्न–भिन्न हो गया तो लगा कि अब देश संक्रमण काल से बाहर निकला। मगर नहीं, अभी 'आपरेशन ब्लू स्टार' होना लिखा पड़ा था ऐसी अव्यवस्था फैली रही 4–5 साल कि पूछो मत। हमारे उस समय के प्रधानमंत्री महोदय तक को कहना पड़ा कि– "जब कोई बड़ा पेड़ गिरता है तो धरती हिलती ही है"। अब लो, जब प्रधानमंत्री ही कह रहा है कि धरती हिल रही है तो संक्रमण काल ना रहेगा तो और क्या रहेगा? बाकी बचा हुआ काम बोफ़ोर्स ने कर दिया। ऐसी तोप निकली कि अभी तक गोले रह–रह के दागे जा रहे हैं। यहाँ तक कि सुप्रीम कोर्ट तक ने भी हाल में ही कह दिया कि अब बंद भी करो यह बोफ़ोर्स कांड की जाँच। 67 करोड़ का घोटाला हुआ और ढाई सौ करोड़ जाँच के नाम पर फूँक दिये गए।

और फिर आया ताबूत में आखिरी कील की तरह, 1991 का महान सुधारात्मक समय जिसने देश को ऐसे संक्रमण काल में डाल दिया है कि अभी तक निकल ही नहीं पाया देश इससे। पहले प्रथम चरण के सुधार आए, फिर द्वितीय चरण के और अब तृतीय चरण की बात पाईपलाईन में है और अभी यह भी पता नहीं है कि यह चरण भी आखिरी है या अभी देश संक्रमण काल में ही चलेगा।

इसी तरह से व्यक्तिगत स्तर पर सोचना शुरू किया तो पता चला कि जब से होश संभाला, हमेशा बड़ा होने की ख्वाहिश करते रहे क्यूंकि हमें बाप नाम के प्राणी को देख कर मन में हमेशा बड़ा होने की ख्वाहिश जागी। कभी पैसों के लिए और कभी पढ़ाई लिखाई के नाम पर मार कुटाई से बचने के लिए और जब बड़े हुए तो दुखों

जाएगी। कुछ लोगों को डिग्री पूरी होते–होते ही महात्मा बुद्ध की तरह यह ज्ञान प्राप्त हो जाता है कि सिविल सेवा की तैयारी उनके बस की बात नहीं और "वन डे एग्ज़ाम" यानि एस०एस०सी०, बैंक पी०ओ० आदि–आदि की तैयारी करके कुछ होया–हवाया जाए ताकि कम से कम दाल रोटी का जुगाड़ तो हो।

स्टेज 5– लो, अब पी०जी० भी पूरी हो गई। एम०ए/एम०एस०सी० आदि करने के बाद एक लफड़ा और भी हो जाता है। कम से कम नेट/जे०आर०एफ़० तो निकाल ही लें– यू०जी०सी०, सी०एस०आई०आर० की तैयारी करके, जिससे टीचिंग लाइन तो क्लियर रहे। कुछ लोग यह भी सोचते हैं कि केवल तैयारी करने का क्या फायदा, लगे हाथ एल०एल०बी० भी कर ही लेते हैं, वक्त–बेवक्त काम आएगा। मतलब आप देख लीजिए, कहीं भी कान्फ़िडेंस नाम की चीज नहीं है, कोई भी सुविचारित दिशा नहीं है कि आखिर करना क्या है?

स्टेज 6– सिविल सेवाओं की गंभीर तैयारी शुरू। कभी प्री, कभी मेन्स, कभी इंटरव्यू। घुड़दौड़ शुरू। दो–चार साल में कहीं कुछ हो गया तो ठीक वरना सारे कस–बल निकलने लगते हैं। देश, समाज और व्यवस्था में सुधार के सारे अरमान पानी में बह जाते से प्रतीत होने लगते हैं। देश, परिवार समाज की सारी समस्याओं का एक ही हल नजर आता है–एक अदद नौकरी।

स्टेज 7– उम्र 30 साल पार। आई०ए०एस० के चारों चान्स ख़त्म। न शादी, न ब्याह। फिर यहाँ–वहाँ जुगाड़ करके डिग्री कॉलेज की अध्यापिका हथिया लेते हैं।

भाई साहब, बुरा न मानिएगा। यकीनन जिसके अंदर कुछ जज्बा है, वो अंततः सफल हो ही जाता है, पर वास्तव में महानगरों में अपनी जिंदगी संवारने आने वाला हर युवा या तो खुद ऊपर के सात स्टेजों से गुजरता है या फिर अपने आस–पास के युवाओं को गुजरते देखता है। यानि 'सारे घर को बदल डालूंगा' जैसे क्रांतिकारी जज्बे से महज एक छोटी सी नौकरी की तलाश की बेचारगी तक।

लगता है मेरे दोस्त, फिर चुनाव आ गया है

चुनावों की गर्मी, विश्व कप का बुखार और एक्जाम सर पर सवार। कुल मिलकर हो गया काम। तीन तिगाड़ा, काम बिगाड़ा। एक तो चुनाव ही सब मर्जों की दवा है, ऊपर से वर्ल्ड कप क्रिकेट भी साथ में, पूरी तरह से करेला और नीम चढ़ा की कहावत चरितार्थ होती है। जरा सोचिए, एक तो वैसे ही आजकल नेताओं को भीड़ इकट्ठा करने के लिए कितने पापड़ बेलने पड़ते हैं, ऊपर से पब्लिक अगर भारत पाकिस्तान क्रिकेट मैच देख रही हो तो मुश्किलें दुगुनी हो जानी स्वाभाविक हैं। जरा सोचकर देखिए, नेताजी खाली कुर्सियों के आगे भाषण देते कितने मनोरंजक लगेंगे?

यह चुनाव भी अजीब चीज है। हर आदमी जो कि वोटर में बदल चुका होता है, धीरे–धीरे नेताजी को अपना सबसे अच्छा दोस्त प्रतीत होने लगता है, ऐसा लगता है कि उससे भला आदमी इस धरती पर कोई नहीं है, इसीलिए तो किसी ने कहा है कि–

वो यार की तरह .... मिल रहे हैं गले,
लगता है मेरे दोस्त फिर चुनाव आ गया है।

हालत यह है कि 'अम्मा' एक घोषणा कर रही हैं तो बुजुर्गवार 'अन्ना' लगे हाथ घोषणा बढ़ा देते हैं। आप कीजिये घोषणा कि हम

बन जाएगा कि सब पलड़े बराबर। मगर अफसोस बैलेन्स इतना बिगड़ा कि उसके बराबर होने की कोई गुंजाइश ही नहीं रही। हर समाजवादी नेता आज करोड़पति है और साथ में एक उद्योगपति भी है। शायद बैलेन्स बनाने के लिए ही, आखिर करोड़पति के साथ तो उद्योगपति का ही मेल हो सकता है। बेचारा गाँव का 'जग्गू', लखनऊ और कानपुर के 'ठग्गू' के साथ बैलेन्स कैसे कर पाएगा?

अब आप पुलिस को ही ले लीजिए। यह बात तो ठीक है कि कोई चोर–बदमाश इतनी आसानी से नहीं मानने वाला। अब यह तो नहीं होगा कि कोई शराफत से थाने में आकर दरोगा जी को नमस्ते करे और बोले कि–"साहब हमें पकड़ लो, बगल वाली मौसी की लड़की से छिनैती कर लिए है। यह रही एक नग सोने की जंजीर और दो नग बाली"। इसीलिए थोड़ा बहुत ठोक–पीट तो करनी ही पड़ेगी मगर जरा सा बैलेन्स बिगड़ा कि उल्टा लेने के देने पड़ जाते हैं। मानवाधिकार वाले 'हिरासत में मौत','हिरासत में मौत' वाला ब्रेकिंग न्यूज़ लपक–लपक कर धरना प्रदर्शन शुरू कर देते हैं। इसीलिए तो सब कुछ हिसाब से धीरे–धीरे संभाल के करना माँगता है। कई बार तो मुझे लगता है कि बैलेन्स की कमी कोई आज की नहीं, युगों–युगों पुरानी समस्या है। तभी तो शास्त्रों में कहा गया है कि 'अति सर्वत्र वर्जयेत्। महात्मा बुद्ध ने 2600 वर्ष पहले कहा था कि मध्यम मार्ग अपनाओ। कबीर ने कहा–

अति का भला न बोलना, अति की भली न चुप;
अति का भला न बरसना, अति की भली न धूप।

ठीक है प्रभु, यह पुरानी समस्या सही मगर लाइलाज तो नहीं है न आपके लिए। अपने सुपर कम्प्यूटर को जल्दी किसी अच्छे से मैकेनिक से ठीक कराओ क्योंकि अपुन को अब लाइफ में थोड़ा बैलेन्स होना माँगता।

एक फिल्म ज़िंदगी की

जब से मार्च अप्रैल का महीना बीता है और गर्मियों का महीना परवान चढ़ा है, गर्मी तो बढ़ी ही है, उदासी भी बढ़ सी गई है। कितना रूखा–रूखा मौसम है? सो के उठते ही लगता है कि नहा धो के फिर सो जाएँ। इतनी आलस कि कुछ करने का जी नहीं ही नहीं करता। ले देकर मनोरंजन का जरिया एक मुंबइया फिल्में ही हैं; वो भी आजकल कोई खास नहीं आ रही। पर दोस्तों, अगर महसूस कीजिए तो जिंदगी भी किसी बॉलीवुड फिल्म से कम नहीं है। यूँ तो इसे आप अपनी जिंदगी से भी जोड़कर देख सकते हैं पर जरा बड़े लोगों को देखिए; उनकी जिंदगी की बड़ी घटनाओं की तरफ निहारिए, पूरी तरह से एक सुपरहिट फिल्म का प्लॉट तैयार है।

सबसे पहले तो जरा "बाबा" के बारे में सोचिए। भाई, कुछ भी कहो, योग को देश में जन जन तक पहुँचाने में पूरा योगदान तो बाबा का है ही, वरना लोग तो भूल ही गए थे कि योग अपने देश की ही अति प्राचीन विद्या है। लोगों ने तो इसे "योगा" समझ कर अमेरिका का ही कोई नया आविष्कार समझ लिया था। बड़ी मुश्किल से बाबा ने "संस्कार" और "आस्था" चैनल पर आ आ कर, कपाल भाति और अनुलोम विलोम करा करा कर दिखाया और तब लोगों ने मानना शुरू किया कि हाँ भाई, योग भी अपने ही देश की भूली बिसरी विद्या है। खैर, योग के बाद शुरू हुआ आयुर्वेद का प्रचार।

कि पूछो मत। जैसे स्टूडेंट लोग एक्जाम के ठीक पहले इतना पढ़ते हैं कि रात दिन का पता ही नहीं चलता, भले साल भर किताब ना खोली हो। इसी तरह नेताजी ने चाहे पाँच साल चुनाव क्षेत्र में चेहरा ना दिखाया हो मगर चुनावी दिनों में बस वो ही वो दिखाई पड़ते हैं हर गली चौराहे पर। इतने पोस्टर चिपका डाले हैं कि किसी को कहना ही पड़ा–

अब नहीं दिखती शहर की कोई भी दीवार;
हर दीवार पर चिपके हैं ... इतने इश्तेहार।

तो धरती पुत्रों, दौलत की बेटियों और राम के अनन्य भक्तों की नूरा कुश्ती देखिए, धोनी का कूलपन और युवराज के हाटपन का आनंद लीजिए, और हो जाईए तैयार एक और चुनाव के लिए। पर हाँ, यह बता देता हूँ कि जो यार की तरह मिल रहे हैं गले, उन्हें सच में कहीं यार नहीं समझ लीजिएगा और चुनाव के बाद भी उसी यारी की उम्मीद में मिलने चले गए तो दिल टूटने के बाद शिकायत न कीजिएगा कि किसी ने बताया/चेताया नहीं था।

समय बड़ा ख़राब है

आजकल एक वाक्य से मेरी मुठभेड़ अकसर हो जाया करती है। जब भी किसी व्यक्ति से उसका हाल–चाल पूछो, जब भी किसी व्यवसायी से उसके काम–धंधे के बारे में पूछो, जब भी किसी नौकरीपेशा से उसके कार्यालय का हालचाल लो, जब भी किसी माता–पिता से उसके बच्चों का कुशल समाचार लो, जब भी किसी अध्यापक से उसके शिष्य की पढ़ाई के बारे में पूछो, सब धीरे–धीरे घुमा फिराकर एक ही बात पर आ जाते हैं कि "कुछ न पूछो भैया! समय बड़ा खराब चल रहा है" या "ऐसा जमाना तो कभी न था"। मानो यह सारा कुसूर सिर्फ समय का है, इंसानों का तो कोई कसूर ही नहीं। जितनी हत्याएँ शहर के गली मोहल्लों में हो रही हैं, सब समय कर रहा है। चलती गाड़ियों में युवतियों से रेप (बलात्कार) समय ही कर रहा है और अगर लड़कियाँ पुलिस थानें चली गईं न्याय माँगने और उनके साथ फिर से वहाँ थाने में ही कुछ उल्टा–सीधा हो हुआ गया तो इसमें थानेदार का तो कोई दोष ही नहीं क्योंकि थानेदार की कुर्सी पर कोई व्यक्ति नहीं बल्कि 'समय' बैठा होता है और समय तो आप जानते ही हैं कितना खराब चल रहा है?

हालत यह हो गई है कि आम आदमी तो आम आदमी, अच्छे भले घर के, खाते–पीते, सत्ता के ऊपरी पायदानों तक पहुँचे हुए आदमी भी यही दुहाई देते रहते हैं कि समय बहुत खराब चल रहा

कर लिए हैं तो कोई राजनीतिक दल स्क्रीन टेस्ट लेने पर आमादा है। बकायदा प्रश्न पत्र देकर परीक्षा हो रही है। प्रत्याशियों का तो दम ही निकला जा रहा है। पचास–पचास प्रश्नों के उत्तर हल करने हैं। वो सवाल उठाने लगे हैं कि पढ़ना लिखना ही था तो राजनीति में आने की जरूरत ही क्या थी? बात भी सही है भाई ..... तो उपरोक्त विवरण से आपको नहीं लगता कि जिंदगी की फिल्म कुछ ज्यादा ही मसालों से भरी है।

कल्पना, दुविधा और यथार्थ

कल्पना

कल की जिंदगी मेरी, आज से शायद कुछ हट के हो,
ऐसा सोचा तो है शायद हो, शायद ना हो............... ।

कुछ इस तरह से कि हो जाड़े का दिन और हाथ में चाय का प्याला,
टांगे रजाई में हों और बगल में खड़ी हो कोई मोहिनी बाला
कोई मोहिनी बाला जो पूछने को हो तत्पर, "प्राणेश्वर कोई आदेश दो।"
ऐसा सोचा तो है शायद हो, शायद ना हो............... ।

घडी में हो सुबह के ठीक नौ बजे और ठीक मैं करता रहूँ टाई की नाट,
प्यार से किचेन से 'उसको' बुलाऊँ और पिलाऊँ एक मीठी सी डांट,
बदले में बढे उसका हाथ जिसमें लटकता एक टिफिन हो,
ऐसा सोचा तो है शायद हो, शायद ना हो............... ।

एक घर हो दो कमरों का, एक ड्राइंग रूम हो, एक बेडरूम हो,
बीच में छोटा सा आंगन हो, आगे छोटी सी क्यारी हो,
आगे छोटी सी क्यारी हो, हो जिसमें एक फूल जो बिलकुल उसके'
जैसा हो,
ऐसा सोचा तो है शायद हो, शायद ना हो............... ।

प्राइवेट जेलें समय की माँग हैं

आजकल रोज अख़बार देख कर अपने देश की दुर्दशा पर मुझे रोना आता है। वो तो वैसे आपको भी आता होगा मगर मैं जानता हूँ कि आपको रोना आना और मुझे रोना आना दोनों में बहुत डिफरेंस है। नहीं, मैं कोई आम आदमी से हट के नहीं हूँ, मगर क्या करूँ? आम आदमी के साथ ईश्वर ने मुझे व्यंग्य लेखक भी बना दिया और आप जानते ही हैं कि अगर आपके साथ व्यंग्य लेखक होने का दुमछल्ला लग गया तो आप आम तो रहते हैं मगर आदमी नहीं। आम तो आप इसलिए रहते हैं कि आपके पास और कोई चारा नहीं होता; अरे, व्यंग्य लेखक को कोई खजाना थोड़े मिल जाता है कि इस भौतिकवादी दुनिया में वो खास कहे जाने वाले समाज में जंप लगा सके। हाँ, आदमी होने से उसका पीछा जरूर छूट जाता है क्योंकि एक तो आदमी होने का कोई फायदा नहीं, दूसरे यह कि वो चीजों को उस नजरिये से देखना ही भूल जाता है जिससे आदमी देखता है। अब जैसे आप अख़बार पढ़ के देश की हालत पे इसलिए रोते होंगे कि रोज चोरी, डकैती, हत्या–बलात्कार हो रहे हैं और पुलिस का एक ही बयान है कि "इन्वैस्टिगेशन जारी है, जाँच के बाद ही स्थिति स्पष्ट हो पाएगी"। या आप खिन्न होते होंगे कि बताओ, कितना भ्रष्टाचार फैला है? रोज घोटाले पे घोटाले हो रहे हैं और कहीं कुछ हो ही नहीं रहा...या आप बहुत देशभक्त हुए तो थोड़ा इस बात पे रो लेते होंगे कि पिल्ले–पिल्ले भर के देश अपने दुश्मनों

को ठिकाने लगाए जा रहे हैं और हम आतंकवादियों/अपराधियों को जेल में रख के उनकी आरती उतार रहे हैं। मगर इनमें से किसी बात पे मुझे रोना नहीं आता। अरे ये सब बातें कोई रोने वाली थोड़ी हैं? जो चीजें जिंदगी का हिस्सा बन जाएँ, उन पे भला क्या रोना?

मुझे रोना तो इस बात पे आता है कि इस देश में ढंग की एक जेल भी नहीं है जहाँ बड़े लोगों (?) को रखा जा सके। जरा सोचिए, वहीं पे हजारों करोड़ की कंपनी के मालिक को भी रखते हैं जहाँ कल्लू पाकेटमार को रखते हैं; पूर्व मंत्री को भी वहीं रखते हैं जहाँ एक बलात्कारी बंद है। यह कोई बात हुई, यह तो बहुत नाइंसाफ़ी है भाई। यह तो एक तरह का अन्याय हुआ, दोनों के लिए। मंत्रीजी के लिए भी और बलात्कारी के लिए भी। मंत्री जी के अंदर एक और अवगुण आने की आशंका बलवती हो जाएगी और बलात्कारी के मन में भी मंत्री बनने की इच्छा जाग सकती है। इसी प्रकार अगर कंपनी के मालिक ने पाकेटमारी सीख ली तो आखिर पाकेटमार क्या करेगा? उसकी तो रोजी रोटी ही छिन जाएगी। मुझे इतना अफसोस होता है कि बताओ, जेल में ए सी तो दूर, ढंग का एक कूलर तक नहीं है कैदियों के बैरकों में, और बेड तो आप भूल ही जाइए। तब मुझे लगा कि चाहे भारत के विकास के जितने ढिंढोरे पीट लिए जाएँ, भारत है अभी भी एक गरीब और विकासशील देश ही। अब आप सोचिए कि एक हजारों करोड़ की कंपनी का मालिक कैसे इंडियन स्टाइल में लैट्रिन कर सकता है, माफ कीजिएगा, मेरा मतलब है कैसे इंडियन स्टाइल के कमोड पर बैठ कर लैट्रिन कर सकता है? ससुरा, लैट्रिन उतरेगा ही नहीं। यह तो प्राकृतिक न्याय के भी खिलाफ है बल्कि मैं तो कहूँगा कि यह संविधान के अनुच्छेद 21 यानी जीवन के मूलभूत अधिकार का खुल्लमखुल्ला उलंघन है। आखिर अगर आप किसी को उसके मनपसन्द तरीके से लैट्रिन भी नहीं करने देते तो कोई भी यह कहेगा कि उसे उसके जीवन जीने के अधिकार से वंचित किया जा रहा है। हाँ, संविधान के जिक्र से याद आया कि जब हमारा संविधान युक्ति–युक्त वर्गीकरण (यानी अलग–अलग वर्गों के लिए अलग–अलग

अमां यार, आजकल सौ पचास रुपए में आता ही क्या है?
क्लर्क को खुश कर देने में तुम्हारा जाता ही क्या है?

छोड़िए भी! लोग तो भ्रष्टाचार का हल्ला करते ही रहते हैं,
इतनी बड़ी दुनिया है, दो चार लोग यूँ मरते ही रहते हैं।

आपकी बात सोलहा आने सच है, दोषियों को दंड मिलना ही चाहिए
जो पुलिस की गोलियों से मर गया; उसकी बेवा को फंड मिलना ही चाहिए,

जनता की शिकायतों की बाबत हम कार्रवाई बहुत तेज किया करते हैं,
हर बात की बाबत तुरंत शासन को लिख दिया करते हैं,

अब तो यही बात हम सबसे कहा करते हैं,
भई, हम क्या करें; जैसे सिस्टम चलता है, हम भी चला करते हैं।

(**विशेष**– ये तीनों कविताएँ अलग–अलग समय पर और अलग–अलग जगहों पर 1999 से 2005 के बीच लिखीं गईं। ये तीनों कविताएँ अलग–अलग जगहों पर अलग–अलग प्रकाशित हुईं और अलग–अलग रूप में ही मेरे द्वारा अलग–अलग मंचों पर सुनाईं भी गईं। कई सालों बाद मुझे महसूस हुआ कि ये एक ही कविता की तीन बिखरी हुई कड़ियाँ हैं और पहली बार मैंने इन्हें एक कार्यक्रम में दिसंबर, 2009 में **कल्पना दुविधा और यथार्थ** नाम से **राष्ट्रीय प्रत्यक्ष कर अकादमी**, नागपुर के मंच पर प्रस्तुत किया। मुझे अपनी आशा से ज्यादा प्रतिदान मिला। मैं इस रचना को अपने पहले काव्य संग्रह में शामिल करना चाहता था मगर यह व्यंग्य संग्रह निकालते समय मुझे महसूस किया कि ये रचना भी एक व्यंग्य ही है कि कैसे हमारे समय का एक किशोर कल्पनाओं की दुनिया से निकल कर जब यथार्थ का सामना करता है तो उसके विचारों में आशातीत परिवर्तन आता है और वह कमाल का यथार्थवादी हो जाता है। ऐसे में मैंने उचित समझा कि मैं अपने इस व्यंग्य संग्रह का समापन इस रचना से करूँ। हमेशा की तरह इसके गुण–अवगुण का निर्धारण पाठकों पर ही निर्भर करता है – **शिव कुमार राय**)

उनके पुराने संपर्कों का इतना भी फायदा ना मिलेगा? चलो, पुराने ना सही, उन्हें बस एकाद दो वादे ही तो करने होंगे कि चलो, इस जेल यात्रा को फाइनेंस कर दो, अगला कांट्रैक्ट तुम्हारी कंपनी के नाम। बस हो गई प्राब्लम साल्व!

बल्कि मैं तो यह कहता हूँ कि इससे अदालतों का काम भी कम हो जाएगा। अभी क्या होता है? एक जगह से जमानत ख़ारिज होती नहीं कि अर्जी दूसरी जगह हाजिर। अब जब जेलों की इतनी बढ़िया व्यवस्था हो तो काहे के लिए जमानत की आर्जियाँ? एक ही बार फाइनल फैसला ही हो जाए!! काहे की मगजमारी और नतीजा सामने होगा, अदालतों में क्वालिटी केस और क्वालिटी बहसें! इसलिए यह तय हुआ कि प्राइवेट जेलें समय की माँग हैं।

यह संक्रमण काल है
(हम ट्रांज़ीशन फेज़ से गुज़र रहे हैं)

आजकल मुझे अपने और अपने समाज तथा देश आदि के बारे में नई–नई चीजें पता चलती रहती हैं। कुछ तो चौबीसों घंटे चलने वाले खबरिया चैनलों का कमाल है, कुछ ख़ालिस बुद्धिजीवी टाइप के विश्लेषण कर्ताओं का। बात दरअसल यूँ है कि एक दिन हम भी टी०वी० पर इधर–उधर न्यूज की तलाश में तमाम न्यूज चैनलों पर रिमोट से हथौड़े मार रहे थे कि शायद कहीं से कुछ न्यूज निकल आए क्योंकि यह बात तो सच है ही कि जितने ज्यादा न्यूज चैनल, उतनी ही खबरें कम। उनका अधिकतर टाइम तो क्रिकेट खिलाड़ियों की दिनचर्या, नेताओं के भ्रष्टाचार के किस्सों और बालीवुड के प्रेमप्रसंगों के बारे में बताने में ही निकल जाता है। विज्ञापनों से जो समय बच जाता है वो टी०वी० सीरियलों के आने वाले एपिसोडों के बारे में बताते निकल जाता है। ऐसी स्थिति में न्यूज के लिए समय ही कहाँ बचता है? फिर भी यह साबित करने के लिए कि यह न्यूज चैनल ही है, बीच बीच में "फिल इन द ब्लैंक" की तरह न्यूज भरना इनकी मजबूरी हो जाती है और हम उस दिन इनकी इसी मजबूरी को तलाश कर रहे थे। ऐसे में एक चैनल पर एक बुद्धिजीवी टाइप के विश्लेषणकर्ता से एंकर का गंभीर सा लगता वार्तालाप होता

दिखाई दिया। फ्रेंच कट दाढ़ी, सुनहरे फ्रेम का पतली कमानी वाला चश्मा, करीने से सजे खिचड़ी बाल और खद्दर के कुर्ते, ब्लू घिसी हुई जीन्स के साथ चमड़े की चप्पल। कुल मिला कर परफेक्ट इंट. लेक्चुअल लुक। मैं बहुत प्रभावित हुआ और मैंने फैसला किया कि 'पहले इस्तेमाल करें फिर विश्वास करें' की तर्ज पर यह बौद्धिक बहस सुनने के बाद ही फैसला हो पाएगा कि आखिर हममें भी कुछ बुद्धिजीविता है या मेरी श्रीमती जी की बात ही सही है कि–"कुछ करते धरते तो हो नहीं, ऑफिस से आते ही न्यूज चैनल खोल के पसर जाते हो....और कुछ नहीं तो आ के सब्जी ही छील–काट दिया करो, बल्कि मुझे तो लगता है तुम इसी से बचने के लिए न्यूज चैनल खोल लेते हो"।

बहरहाल घर वाली बात तो बस प्रकारांतर ही समझिए !! ऐसा कौन सा घर है जहाँ पति बेचारा इस तरह के तानों को झेलता हुआ अपना जीवन हंसी–खुशी नहीं गुजार रहा है तो हम ही कौन से अनोखे हो गए? हाँ, तो टी०वी० पे चर्चा चल रही थी कि "आखिर क्या बात है कि हमारे देश में इतनी संस्थाएं हैं, इतनी योजनाएं हैं, इतनी नयी–नयी तकनीकें आ रही हैं, मगर फिर भी आम आदमी की दुःख तकलीफ़ों में कोई कमी नहीं हो रही है? क्यों लोग खुश नहीं हैं आखिर? आखिर क्या वजह है कि समाज में हताशा का स्तर बढ़ता जा रहा है और खाते पीते लोग भी आत्महत्या पर उतारू पाये जाते हैं...बल्कि कई तो कर ही लेते हैं?" ऐसे में वो बुद्धिजीवी, जिनके चरित्र–चित्रण और वेशभूषा का वर्णन हम ऊपर ही कर चुके हैं, ने गंभीरता पूर्वक सर हिलाया और कहा कि "बिल्कुल सही कह रहे हैं आप! बात दरअसल यह है कि यह संक्रमण काल है। वी आर पासिंग थ्रू ट्रांजीशन फेज़। हमारा समाज आधुनिकता से उत्पन्न सुविधाओं का लाभ तो उठा रहा है मगर उससे उत्पन्न दबावों का सामना कर पाने में खुद को सक्षम नहीं पा रहा है..."। बुद्धिजीवी महोदय तो और भी आयं, बायं, सायं बकते रहे मगर मेरी सुई तो इसी पर

अटक गई कि यह संक्रमण काल है और यही हमारी समस्याओं का कारण है....और बताओ भला, मैं तो बेकार ही परेशान हो रहा था कि मेरी सारी समस्याओं का कारण गरीबी है, बेरोजगारी है, दुर्व्यवस्था है...आदि–आदि...।

लेकिन केवल यह जान लेने से कि सारी समस्याओं का जड़ संक्रमण काल है, तो बात बनने वाली है नहीं। आखिर यह संक्रमण काल कभी समाप्त भी होने वाला है या यह ऐसे ही चलेगा। फिर तभी मेरे दिमाग में बत्ती जली जैसे चाचा चौधरी के पुराने कामिक्सों में चाचा चौधरी के दिमाग में जलती थी जब उनके दिमाग में किसी गंभीर समस्या का हल आने पर होता था क्यूंकि चाचा चौधरी का दिमाग कंप्यूटर से भी तेज चलता है। अब हमारा दिमाग तो ऐसा है नहीं मगर ये ख़याल आया कि ऐसा कौन सा समय था जब हम संक्रमण काल में नहीं थे?

देश के स्तर पर सोचने लगे तो पता चला कि आजादी के बाद पाँच–दस साल तो लोगों ने यह सोच के काट दिये कि भाई अभी–अभी आजादी मिली है और अभी तो अधिकारी–कर्मचारी काम करना सीख रहे हैं। व्यवस्था सुधारने में थोड़ा टाइम तो लगेगा (अब यह क्या पता था कि वही सुधरी हुई व्यवस्था थी और उसके बाद तो यह सिर्फ बिगड़ने के ही काबिल थी)। खैर, जैसे तैसे अभी गाड़ी पटरी पर आ ही रही थी कि चीन ने हमला कर दिया। 'हिन्दी चीनी भाई–भाई' करते–करते वो कब कसाई बन बैठा; यह किसी को पता ही नहीं चला और एक बार फिर संक्रमण काल शुरू हो गया। रही सही कसर पाकिस्तान के हमले से पूरी हो गई। ऐसे में संक्रमण काल का पीरियड और लंबा हो गया। कुछ मामला सुधरता उससे पहले ही इंडिकेट–सिंडीकेट का झगड़ा चालू हो गया। अभी भारतवर्ष "गरीबी हटाओ" के नारे को हकीकत में बदलने के बारे में सोच ही रहा था कि 1971 के बवाल सामने आ गए। जब मामला एक नया देश बनाने का हो तो अपना देश तो संक्रमण काल में जाएगा ही। अभी यह सब किस्सा ठीक से निपटा भी नहीं कि संपूर्ण क्रांति का

आह्वान हो गया। ऐसी स्थिति में कोई नार्मल कैसे रह सकता है? क्रांति जैसी स्थितियाँ हों और संक्रमण काल ना आए यह हो सकता है भला? फिर क्या था? अगले चार–पाँच साल तो संविधान के लिए कुछ ज्यादा ही भारी गुजरे। हर पार्टी उसे ही बदलने पे लगी थी। ऐसी कोई नीति नहीं थी जो कई बार उलटी–पलटी न गई हो। किसी तरीके से जब महान राजनीतिक प्रयोग अपने स्वार्थों की भेंट चढ़ के छिन्न–भिन्न हो गया तो लगा कि अब देश संक्रमण काल से बाहर निकला। मगर नहीं, अभी 'आपरेशन ब्लू स्टार' होना लिखा पड़ा था ऐसी अव्यवस्था फैली रही 4–5 साल कि पूछो मत। हमारे उस समय के प्रधानमंत्री महोदय तक को कहना पड़ा कि– "जब कोई बड़ा पेड़ गिरता है तो धरती हिलती ही है"। अब लो, जब प्रधानमंत्री ही कह रहा है कि धरती हिल रही है तो संक्रमण काल ना रहेगा तो और क्या रहेगा? बाकी बचा हुआ काम बोफ़ोर्स ने कर दिया। ऐसी तोप निकली कि अभी तक गोले रह–रह के दागे जा रहे हैं। यहाँ तक कि सुप्रीम कोर्ट तक ने भी हाल में ही कह दिया कि अब बंद भी करो यह बोफ़ोर्स कांड की जाँच। 67 करोड़ का घोटाला हुआ और ढाई सौ करोड़ जाँच के नाम पर फूँक दिये गए।

और फिर आया ताबूत में आखिरी कील की तरह, 1991 का महान सुधारात्मक समय जिसने देश को ऐसे संक्रमण काल में डाल दिया है कि अभी तक निकल ही नहीं पाया देश इससे। पहले प्रथम चरण के सुधार आए, फिर द्वितीय चरण के और अब तृतीय चरण की बात पाईपलाईन में है और अभी यह भी पता नहीं है कि यह चरण भी आखिरी है या अभी देश संक्रमण काल में ही चलेगा।

इसी तरह से व्यक्तिगत स्तर पर सोचना शुरू किया तो पता चला कि जब से होश संभाला, हमेशा बड़ा होने की ख्वाहिश करते रहे क्यूंकि हमें बाप नाम के प्राणी को देख कर मन में हमेशा बड़ा होने की ख्वाहिश जागी। कभी पैसों के लिए और कभी पढ़ाई लिखाई के नाम पर मार कुटाई से बचने के लिए और जब बड़े हुए तो दुखों

का अंत न हुआ बल्कि ये बेतहाशा बढ़ गए। मालूम चला कि पिताजी जो पैसे हमें कभी कभार जेब खर्च के नाम पर देते रहे वो कोई पेड़ पर नहीं उगते थे बल्कि उसके लिए उन्हें खून जलाना पड़ता था, नौकरी करनी पड़ती थी और तब लगा कि एकमात्र नौकरी ही हमें हमारे संक्रमण काल से निकाल सकती है और जब यह चाँद से भी दुर्लभ चीज हमने माँ की मन्नतों और बहनों की दुआओं से पा ली तो पता चला कि नौकरी करना तो नौकरी पाने से हजार गुना कठिन कार्य है। बाकी घर–परिवार के संक्रमणों को छोड़ भी दिया जाए जिसमें एक अदद चौपहिया कार की इच्छा से बच्चों को अच्छे स्कूल में पढाना तक शामिल है तो भी यह पूरी नौकरी अपने आप में संक्रमण काल है क्योंकि हमेशा लगता रहता है कि अब इस प्रमोशन के बाद मामला बन गया समझो मगर नतीजा वही 'ढाक के तीन पात'। पता चलता है कि यह भी मृग मरीचिका ही निकला। यहाँ तो मामला पहले से भी गड़बड़ निकला। सोचते हैं इससे तो अच्छा तभी था जब तक प्रमोशन नहीं हुआ था। अंत में निष्कर्ष यही निकलता है कि आम आदमी की जिंदगी से यह संक्रमण काल तो जाने वाला है नहीं। हमेशा बना ही रहेगा तो क्यों न मजा लें इस संक्रमण काल का भी? और थोप दो अपनी सारी समस्याओं को इस संक्रमण काल के ऊपर कि अभी संक्रमण काल चल रहा है।

लाइफ में बैलेन्स होना माँगता

वाह रे बारिश! पूरे मुंबई शहर का कबाड़ा कर दिया और यहाँ हमारे शहर की धरती जल बिन मछली की तरह फड़फड़ा रही है। हालत यह है कि महाराष्ट्र, गुजरात में बारिश की वजह से सेना बुलानी पड़ रही है और यहाँ हमारा प्रदेश बिन पानी के दम तोड़ रहा है। ऊपर वाले, यह तो कोई बात नहीं, क्या आपका सुपर कम्प्युटर पूरी तरह वायरस से युक्त हो गया है? जरा देखा तो करो यार कि किसको, कहाँ, कब किस चीज की जरूरत है, किस चीज की नहीं है। यह तो कोई अच्छी बात नहीं कि कोई खा–खा कर मर रहा है, किसी को खाने को नहीं मिल रहा है। थोड़ा बैलेन्स बनाओ भाई!

बारिश ही क्यों? मुझे तो लगता है कि हर जगह की बैलेंसिंग खराब चल रही है। कोई युवा पाँच हजार महीने की नौकरी के लिए तरस रहा है, कोई इतना एक शाम को बीयर बार में फूँक दे रहा है। किसी के पास इतना काम है कि सर उठाने की फुर्सत नहीं, किसी का सर यह सोच–सोचकर भिन्ना रहा है कि आखिर मैं करूँ तो क्या करूँ? किसी के पास कोई औलाद नहीं है तो कोई मंत्री जी अपने नौ बेटे–बेटियों को लिए परेशान घूम रहे हैं, जाने कब कौन क्या गुल खिला दे, मीडिया को सफाई देते–देते मुँह थका जा रहा है। मगर बैलेन्स हो भी तो कैसे? कई सौ वर्षों की तलाश के बाद एक शब्द ईजाद हुआ 'समाजवाद' यानि कि पूरे समाज मे ऐसा बैलेन्स

बन जाएगा कि सब पलड़े बराबर। मगर अफसोस बैलेन्स इतना बिगड़ा कि उसके बराबर होने की कोई गुंजाइश ही नहीं रही। हर समाजवादी नेता आज करोड़पति है और साथ में एक उद्योगपति भी है। शायद बैलेन्स बनाने के लिए ही, आखिर करोड़पति के साथ तो उद्योगपति का ही मेल हो सकता है। बेचारा गाँव का 'जग्गू', लखनऊ और कानपुर के 'ठग्गू' के साथ बैलेन्स कैसे कर पाएगा?

अब आप पुलिस को ही ले लीजिए। यह बात तो ठीक है कि कोई चोर–बदमाश इतनी आसानी से नहीं मानने वाला। अब यह तो नहीं होगा कि कोई शराफत से थाने में आकर दरोगा जी को नमस्ते करे और बोले कि–"साहब हमें पकड़ लो, बगल वाली मौसी की लड़की से छिनैती कर लिए है। यह रही एक नग सोने की जंजीर और दो नग बाली"। इसीलिए थोड़ा बहुत ठोक–पीट तो करनी ही पड़ेगी मगर जरा सा बैलेन्स बिगड़ा कि उल्टा लेने के देने पड़ जाते हैं। मानवाधिकार वाले 'हिरासत में मौत','हिरासत में मौत' वाला ब्रेकिंग न्यूज़ लपक–लपक कर धरना प्रदर्शन शुरू कर देते हैं। इसीलिए तो सब कुछ हिसाब से धीरे–धीरे संभाल के करना माँगता है। कई बार तो मुझे लगता है कि बैलेन्स की कमी कोई आज की नहीं, युगों–युगों पुरानी समस्या है। तभी तो शास्त्रों में कहा गया है कि 'अति सर्वत्र वर्जयेत्। महात्मा बुद्ध ने 2600 वर्ष पहले कहा था कि मध्यम मार्ग अपनाओ। कबीर ने कहा–

अति का भला न बोलना, अति की भली न चुप;
अति का भला न बरसना, अति की भली न धूप।

ठीक है प्रभु, यह पुरानी समस्या सही मगर लाइलाज तो नहीं है न आपके लिए। अपने सुपर कम्प्यूटर को जल्दी किसी अच्छे से मैकेनिक से ठीक कराओ क्योंकि अपुन को अब लाइफ में थोड़ा बैलेन्स होना माँगता।

एक फिल्म ज़िंदगी की

जब से मार्च अप्रैल का महीना बीता है और गर्मियों का महीना परवान चढ़ा है, गर्मी तो बढ़ी ही है, उदासी भी बढ़ सी गई है। कितना रूखा–रूखा मौसम है? सो के उठते ही लगता है कि नहा धो के फिर सो जाएँ। इतनी आलस कि कुछ करने का जी नहीं ही नहीं करता। ले देकर मनोरंजन का जरिया एक मुंबइया फिल्में ही हैं; वो भी आजकल कोई खास नहीं आ रही। पर दोस्तों, अगर महसूस कीजिए तो जिंदगी भी किसी बॉलीवुड फिल्म से कम नहीं है। यूँ तो इसे आप अपनी जिंदगी से भी जोड़कर देख सकते हैं पर जरा बड़े लोगों को देखिए; उनकी जिंदगी की बड़ी घटनाओं की तरफ निहारिए, पूरी तरह से एक सुपरहिट फिल्म का प्लॉट तैयार है।

सबसे पहले तो ज़रा "बाबा" के बारे में सोचिए। भाई, कुछ भी कहो, योग को देश में जन जन तक पहुँचाने में पूरा योगदान तो बाबा का है ही, वरना लोग तो भूल ही गए थे कि योग अपने देश की ही अति प्राचीन विद्या है। लोगों ने तो इसे "योगा" समझ कर अमेरिका का ही कोई नया आविष्कार समझ लिया था। बड़ी मुश्किल से बाबा ने "संस्कार" और "आस्था" चैनल पर आ आ कर, कपाल भाति और अनुलोम विलोम करा करा कर दिखाया और तब लोगों ने मानना शुरू किया कि हाँ भाई, योग भी अपने ही देश की भूली बिसरी विद्या है। खैर, योग के बाद शुरू हुआ आयुर्वेद का प्रचार।

क्या खाद्य है, क्या अखाद्य है? इस पर प्रवचन शुरू हुआ। थोड़ी परेशानी शुरू हुई यहीं से क्योंकि आजकल की आधुनिक दुनिया में तमाम कंपनियाँ तो विज्ञापन के सहारे अलग अलग तरह के अखाद्य पदार्थ बेचती पाई जाती हैं। फिर लगने शुरू हुए आरोप–प्रत्यारोप कि बाबा अपनी दवाओं में मानव अस्थियाँ मिलाते हैं, कि बाबा के यहाँ दवाइयों को बनाने का कोई लाइसेंस नहीं है वगैरह, वगैरह। फिर भी यहाँ तक भी बाबा झेल गये क्योंकि कुछ बड़े लोग भी बाबा के योग और दवाइयों का फायदा उठा चुके थे, वे समर्थन में आ गए। अब यह भी हिट हो गया तो नया मुद्दा उठ गया "काला धन" और "बड़े नोटों की समाप्ति" का। यहीं रणनीतिक गलती हो गई। अब सोचो जरा, जिनका कालाधन है उन्हीं से कालाधन समाप्ति के लिए नियम कानून बनाने की माँग करना; यह तो न्यायसंगत नहीं है भाई। वही हाल बड़े नोटों की समाप्ति का है, आखिर बड़े नोट समाप्त हो जायेंगे तो लेन देन का इतना बड़ा कारोबार जो फैला हुआ है वो कैसे चलेगा? अब बोरों में रुपया भर के तो लेन देन पासिबल नहीं है। ठीक है, सिद्धांत रूप में तो यह ठीक है पर व्यवहार भी तो कोई चीज है। खैर, बाबा नहीं माने और ऐलान कर दिया कि अब फलाने तारीख से अनशन शुरू होगा। अब सरकार कहाँ मानने वाली और पुलिस कब किसके बाप की हुई है जो बाबा को बख़्श देती? नतीजा रातों रात लेडीज़ सलवार कुर्ता पहन कर बाबा का पलायन। अब आगे जो हो सो हो, आपको लगता नहीं कि कहानी बिल्कुल फिल्मी है। अर्श से फर्श पर। इसीलिए कहा जाता है कि प्रसिद्धि के शिखर पर पहुँचना जितना मुश्किल है उतना ही मुश्किल उसे बनाए रखना है क्योंकि वहाँ पहुँचने के लिए और लोग भी ज़ोर लगा रहे होते हैं। कंपटीशन बहुत तगड़ा है भाई।

बुलंदियों पे पहुँचना कोई कमाल नहीं,
बुलंदियों पे ठहरना ... कमाल होता है।

खैर, ऊपर की कहानी तो है ही एक अलग आध्यात्मिक दुनिया से संबंधित इसलिए उसके तो फिल्मी होने के पूरे चान्स हैं, मगर इधर एक और फिल्मी पटकथा तैयार हो रही है। 'परिवार' के युवराज ने पूरी तरह से अपने कंधों पर फुल जिम्मेदारी ले ली है। बेचारे शादी विवाह तक इसीलिए नहीं कर रहे हैं। यहाँ वहाँ घूम घूमकर पूरे देश में रोड शो कर रहे हैं और बिना माँगे सलाह और बिना पूछे बयान दे रहे हैं। किसानों के सबसे बड़े खैरख्वाह बने घूम रहे हैं, उत्तर प्रदेश का हर भूमि अधिग्रहण गड़बड़ है, किसानों के साथ वहाँ ज्यादतियाँ हो रही हैं मगर महाराष्ट्र में परमाणु संयंत्र के लिए या 'लवासा' परियोजना के लिए अगर किसानों की जमीन ली जाए तो इसमें कोई बड़ी बात थोड़े है। अरे भाई, वहाँ अपनी सरकार है, वो कुछ गलती कैसे कर सकती है? फिर यह किसने बता दिया आप को कि उत्तर प्रदेश का किसान और महाराष्ट्र का किसान एक समान है? दोनों में बहुत अन्तर है भाई। यू०पी० में चुनाव आने वाला है इसलिए वहाँ के किसान की वैल्यू ज्यादा तो होगी ही। हर अच्छी चीज के पीछे उनका परिवार है, गरीबी हटा दिया, बांग्लादेश बना दिया। अफसोस, चीन से हार का गम तो है मगर इसके पीछे परिवार की गलती नहीं। ठीक भी है, चुनावी मौसम में उपलब्धियाँ गिनाएँ या असफलताएँ। यानी मीठा–मीठा गप्प, कड़वा कड़वा थू। चलो खैर, जब पी०एम० के शब्दों में 'युवराज' ही देश का भविष्य है तो देश का भविष्य काफी उज्ज्वल है, इसमें तो कोई शक नहीं ।

इसके अलावा आजकल यू०पी० में एक और फिल्म भी चल रही है–आने वाले विधानसभा चुनाव। थोड़ा चुनाव आयोग की सख्ती के चलते रंगीन के जगह ब्लैक एंड व्हाइट हो गई है, फिर भी फिल्म तो फिल्म है। देख नहीं रहे आप कि आप किसी को अपने पक्ष में सुस्त लहर दिखाई पड़ रही है तो कोई अधिकारियों को धर्मेंद्र की तरह धमका रहा है– 'सुधर जाओ, वरना एक एक को चुन–चुनकर मारूँगा'। हालांकि आजकल अभी पटकथा लिखी जा रही है। किसी राजनीतिक दल ने अपने हीरो हीरोइन यानी प्रत्याशी सालों पहले तय

कर लिए हैं तो कोई राजनीतिक दल स्क्रीन टेस्ट लेने पर आमादा है। बकायदा प्रश्न पत्र देकर परीक्षा हो रही है। प्रत्याशियों का तो दम ही निकला जा रहा है। पचास–पचास प्रश्नों के उत्तर हल करने हैं। वो सवाल उठाने लगे हैं कि पढ़ना लिखना ही था तो राजनीति में आने की जरूरत ही क्या थी? बात भी सही है भाई ..... तो उपरोक्त विवरण से आपको नहीं लगता कि जिंदगी की फिल्म कुछ ज्यादा ही मसालों से भरी है।

कल्पना, दुविधा और यथार्थ

कल्पना

कल की जिंदगी मेरी, आज से शायद कुछ हट के हो,
ऐसा सोचा तो है शायद हो, शायद ना हो............... ।

कुछ इस तरह से कि हो जाड़े का दिन और हाथ में चाय का प्याला,
टांगे रजाई में हों और बगल में खड़ी हो कोई मोहिनी बाला
कोई मोहिनी बाला जो पूछने को हो तत्पर, "प्राणेश्वर कोई आदेश दो।"
ऐसा सोचा तो है शायद हो, शायद ना हो............... ।

घडी में हो सुबह के ठीक नौ बजे और ठीक मैं करता रहूँ टाई की नाट,
प्यार से किचेन से 'उसको' बुलाऊँ और पिलाऊँ एक मीठी सी डांट,
बदले में बढे उसका हाथ जिसमें लटकता एक टिफिन हो,
ऐसा सोचा तो है शायद हो, शायद ना हो............... ।

एक घर हो दो कमरों का, एक ड्राइंग रूम हो, एक बेडरूम हो,
बीच में छोटा सा आंगन हो, आगे छोटी सी क्यारी हो,
आगे छोटी सी क्यारी हो, हो जिसमें एक फूल जो बिलकुल उसके'
जैसा हो,
ऐसा सोचा तो है शायद हो, शायद ना हो............... ।

हो एक छोटी सी 'रामप्यारी', जो एक किक में स्टार्ट हो,
इतवार की शाम हो, चांदनी चौक हो और पीछे बैठी मेरी 'सरकार' हो,
बैठी मेरी 'सरकार' हो, कुछ इस तरह कि एक हाथ कंधे पे हो
और दुसरे हाथ में कमर हो,
ऐसा सोचा तो है शायद हो, शायद ना हो...............।

दुविधा

पिता बहुत खुश हुए, बेटा अफसर हो कर घर आया,
माँ का दामन भी अचानक खुशियों से भर आया,

बहन चाहती थी *कलर्ड मोबाइल*, भाई खुशियों की *बाइक* पे झूलने लगा।
छोटा सा घर था, खुशियों के मारे दम फूलने लगा,

पिता ने सोचा; कुछ *फंड*, कुछ *लोन* लेकर बिटिया की शादी कर देंगे
बेटे से कह के छोटा सा *प्लॉट* अब शहर में भी ले लेंगे,

मजबूरी में ही सही, पड़ोसियों की निगाहें भी बदल गईं थीं,
अंदर ही अंदर, रिश्तेदारों की तो जैसे माँ ही मर गई थी,

यूँ तो घर में सब की राय थी, दहेज नहीं लिया जाएगा,
मगर दुल्हन का बाप भी तो कुछ शर्म–लिहाज दिखाएगा,

इधर घर में लंबी–चौड़ी प्लानिंग बनती जा रही थी,
उधर अफसर के दिल की हालत बिगड़ती जा रही थी,

रात दिन एक करके, कई बार में ये छोटी सी अफ़सरी पाई थी,
शारीरिक *पैरामीटर्स* में कई गड़बड़ियाँ नजर आयीं थीं,

बड़ी मुश्किल पढ़ाई थी, कहीं से *इमोशनल सपोर्ट* भी मिला था,
कैसे छोड़ें उसे, दिल कचोटता था, क्या यही मुहब्बत का सिला था?

मुश्किलें और भी थीं, मामले और भी सुलझाने थे,
कुछ *प्राबलम्स* विरासत में मिलीं, पुराने हिसाब भी चुकाने थे,

पचीस–तीस हजार की नौकरी थी, बजट लाखों का बन गया था,
अधिकार थोड़े से मिलने थे, अफसर अपेक्षाओं में सन गया था,

दोस्तों, मैं नहीं चाहता, *सोल्यूशन* पूछ के आपका नालेज टेस्ट करूँ,
मगर बताइए मुझे मैं अपने दोस्त को क्या *सजेस्ट* करूँ?

यथार्थ

जोशो जुनूँ जवानी कभी मुझपे भी आई थी,
मेरी भी भुजाएँ कभी तरह–तरह से तड़फड़ाई थीं,

सोचा था; सारा घर, परिवार औ समाज बदल डालूँगा,
हर आदमी की नफरत को मुहब्बत में बदल डालूँगा,

कॉलेज के दिन थे, होती थीं हर वक्त सिर्फ इंकलाबी बातें,
ये कर दूँगा, वैसा होना चाहिए; अब जाना, थीं वो सिर्फ किताबी बातें।

हर दुख, हर दर्द में व्यवस्था का दोष नजर आता था,
हर सरकारी आदमी तो खरगोश नजर आता था,

हॉस्टल के कमरों में होती थी रात–रात भर ये गुफ्तगू,
व्यवस्था बदलनी चाहिए, यही बात थी हर सू (हर ओर)।

हर कोई घूसखोर है, बड़े पद वाला बड़ा घूसखोर है,
लगता था, सब बदल डालेंगे; मुट्ठी में इतना ज़ोर है,

सुबह अख़बार पढ़ते ही होता था, इस देश का होगा क्या?
सब बुढ़वों ने कर दिया है मटियामेट, इस देश का होगा क्या?

वक्त बदला, अधिकारी बनके हम भी नौकरी में आ गए,
उनके खाने से जो बचा था, धीरे–धीरे करके हम खा गए,

क्या किया जाए, कैसे सुधार हो; भई, फंड की कमी है,
अच्छा! बूढ़ा ठंड से मर गया; देखो, मेरी आँख में भी तो नमी है।

सरकार जो तनख़ाह देती है, उससे क्या होता है?
अजी स्टेटस मेंटेन करना पड़ता है, बहुत खर्च होता है,

अब क्लर्क काम ही नहीं करते तो मैं क्या करूँ?
आप उनके पास से फाईल भिजवाइए, तो मैं दस्तख़त करूँ,

अमां यार, आजकल सौ पचास रुपए में आता ही क्या है?
क्लर्क को खुश कर देने में तुम्हारा जाता ही क्या है?

छोड़िए भी! लोग तो भ्रष्टाचार का हल्ला करते ही रहते हैं,
इतनी बड़ी दुनिया है, दो चार लोग यूँ मरते ही रहते हैं।

आपकी बात सोलहा आने सच है, दोषियों को दंड मिलना ही चाहिए
जो पुलिस की गोलियों से मर गया; उसकी बेवा को फंड मिलना ही चाहिए,

जनता की शिकायतों की बाबत हम कार्रवाई बहुत तेज किया करते हैं,
हर बात की बाबत तुरंत शासन को लिख दिया करते हैं,

अब तो यही बात हम सबसे कहा करते हैं,
भई, हम क्या करें; जैसे सिस्टम चलता है, हम भी चला करते हैं।

(**विशेष** – ये तीनों कविताएँ अलग–अलग समय पर और अलग–अलग जगहों पर 1999 से 2005 के बीच लिखीं गईं। ये तीनों कविताएँ अलग–अलग जगहों पर अलग–अलग प्रकाशित हुईं और अलग–अलग रूप में ही मेरे द्वारा अलग–अलग मंचों पर सुनाईं भी गईं। कई सालों बाद मुझे महसूस हुआ कि ये एक ही कविता की तीन बिखरी हुई कड़ियाँ हैं और पहली बार मैंने इन्हें एक कार्यक्रम में दिसंबर, 2009 में **कल्पना दुविधा और यथार्थ** नाम से **राष्ट्रीय प्रत्यक्ष कर अकादमी**, नागपुर के मंच पर प्रस्तुत किया। मुझे अपनी आशा से ज्यादा प्रतिदान मिला। मैं इस रचना को अपने पहले काव्य संग्रह में शामिल करना चाहता था मगर यह व्यंग्य संग्रह निकालते समय मुझे महसूस किया कि ये रचना भी एक व्यंग्य ही है कि कैसे हमारे समय का एक किशोर कल्पनाओं की दुनिया से निकल कर जब यथार्थ का सामना करता है तो उसके विचारों में आशातीत परिवर्तन आता है और वह कमाल का यथार्थवादी हो जाता है। ऐसे में मैंने उचित समझा कि मैं अपने इस व्यंग्य संग्रह का समापन इस रचना से करूँ। हमेशा की तरह इसके गुण–अवगुण का निर्धारण पाठकों पर ही निर्भर करता है – **शिव कुमार राय**)